Our Nirvana

潮騒の家

マヤと二人のニルヴァーナ

重久俊夫

明窓出版

CONTENTS

寝ている時でも夢を見るのだから、起きている時に夢を見て、何の不思議があろう。

ペドロ・カルデロン

Our Nirvana

第一章　代官山　1980年

1

おれが、あの忘れがたいマヤと出会ったのは、高校を卒業して東京の芸大に入学した春だった。受験勉強から自由になった喜びと、初めて親元を離れて単身下宿した解放感で、春は光り輝いていた。

甲州街道から少し入った路地の奥にある、簡素な二階建てのアパートの、二階の角部屋がおれの新居だった。表通りの車の音もかすかにしか聞こえない人通りの少ない路地は、いつも静かで平穏だった。四月中旬のあの日も、おれは十時ごろまで朝寝をして、あたたかい日差しの中でようやく目を覚ました。誰かが、ラジカセで流しているらしい洋楽の歌声が、のんびりと路地に流れていた。

ふとんの中のおれの意識に、三日前の夜の記憶がよみがえった。おれは、大学の新しい仲間二人と、新宿のディスコ「マンハッタン」に出掛けた。都内の大学の新入生を対象にしたパーティーのチケットを、かぜで寝込んだ友人から譲ってもらったからだ。もちろん、他大学の女の子と知り合いになるのが目的だった。おれたちがたまたま座った席の隣には、やはり三人組の女子大生がいて、その中の、おれのすぐ右隣にいた一番かわいい子がマヤだった。

おれは神川竜一と名乗り、芸術家のタマゴだと自己紹介した。マヤは、おれのことをいきなり「リュウ」と馴れ馴れしく呼びはじめたが、悪い気はしなかった。少し話をしただけで、マヤが同じ年の六月生まれだと分かった。おれは八月生まれだから、一年のうちの二ヵ月の間はマヤの方が「おねえさま」だ。しかし、マヤの姓も、誰とどこに住んでいるのかも本人は何も語らなかった。

意外だったのは、マヤが数学を専攻しようとしていることだった。

「彼女、見かけはやさしそうでもすごく頭がいいのよ。何だって証明しちゃうんだから」

隣の女子大生がそういった。おれも数学は苦手じゃなかったが、数学専攻の女の子というのは初めてだったし、マヤという名前にもどこか神秘的な印象を受けた。密林の中に消えたマヤ文明。ゴータマ・ブッダの母である王妃マーヤー。古代インドのヴェーダーンタ哲学では、世界のすべてはマーヤー（幻影）だ。高校時代から古代の神秘とインド・カレーが大好きだったおれは、いろんなことを連想した。

「数学はこれから勉強するのよ。今現在よく知ってると思わないでね」

とマヤはいった。

「でも、輪廻転生だって何だって証明できちゃうんでしょ」

と、もう一人の女子大生が面白そうにいった。

「簡単な理屈だわ。でも、説明するにはすごく手間がかかるけど」

マヤが平然というのを聞いて、おれは少し驚いた。輪廻転生を証明できるって？　死んだ人間が生まれ変わる？　この子はカルト信者なんだろうか？　インド哲学に興味はあっても、いかなる宗教の信者でもないつもりのおれは、一瞬たじろいだ。それでも、すぐに思い直した。まあ、いいや、この子なら。カルト少女でも許せる。誰だって欠点の一つや二つはあるもんだ。

おれがそう思ったのは、マヤが、よほどの欠点でも大目に見られるほどの、絵に描いたような美少女だったからだ。芸大の同級生たちのような、少し大人びた女子学生とは違い、マヤは「美少女」という言葉が本当にぴったりだった。小柄でスリムで、栗色の長い髪がとてもよく似合っていた。それでいて、西洋人のような、透きとおったグレーの大きな目は、人を呪縛するような不敵な光を宿していた。

「この次は、輪廻転生の証明を教えてくれる？」

おれは思い切ってマヤに聞いた。もちろん、もう一度会うための口実だ。

「いいわよ」

マヤは、こぼれるような笑顔で答えた。

おれたちはスコッチを飲んで、なごやかな談笑とダンスを楽しんだ。最後に、おれはマヤとチークを踊り、次のデートの場所を決めた。それが三日前の夜のことだった。

2

都内に住むようになってから日は浅いが、おれはもう何軒かのレストランを開拓していた。代官山には、特にお気に入りのメキシコ料理店があって、そこのランチが、おれの指定したマヤとのデートの場所だった。もちろん、すっぽかされるリスクは想定範囲内だったから、おれは、普段着のまま、なるべくさりげない身なりで代官山に向かった。

渋谷から代官山まで、電車の窓から見える町の風景は、いたるところで桜が咲き誇り、春の光を謳歌していた。メキシコ料理店の「ラスカサス」は、代官山の駅舎の隣だったが、少し奥まった感じのロケーションで、昼間はだいたいすいていた。おれは約束の時間ぎりぎりに到着したが、マヤはまだ来ていなかったので、二階のテラス席に陣取って待つことにした。以前来たときは、有名な映画俳優が、数人の仲間をひきつれて会食していた場所だ。

十五分ぐらいオーバーしてから、ようやくマヤは現れた。この前と同じ細身のジーンズに真っ白のシャツを着ていたが、大きなバッグを肩にかけていたせいか、前回会ったときよりさらに小柄に見えた。

「ああよかった。間に合って」

そういって彼女は向かいの席にすわった。

「今日は授業がなくて、朝から渋谷でショッピングしてたら、すっかり遅くなっちゃったわ。なんとか遅刻せずにすんだからよかったけど」

「……」

二人でメキシコ料理のとびきり辛いエンチラーダスを注文した。マヤは、おれと同様、辛い料理を平気でたいらげた。アルコールに強いことも三日前に確認ずみだったし、時間におおらかな点も含めて、いよいよ気が合いそうだとおれは思った。


「ところでさぁ、輪廻転生ってどうやって証明できるの？」

おれは、今日の本来のテーマに移った。デートの話題として適当かどうか多少は迷ったが、マヤの大きな目がさらに大きく輝いたので、マトをはずしていないことはすぐに分かった。

「簡単な理屈なのよ。でも、順を追って考えないといけないから、かなり時間が必要ね」

マヤはこの前と同じことをいった。

「五分間で証明終わりにはならないってわけだ。それでどれぐらい時間がかかりそう？」

「一年ぐらい」

大学の通年講義なみってことか。おれは、最低一年間は毎週デートしてもいいという意味に解釈した。悪くない提案だ。

「それじゃあ、今日が第一回目だね。どこから始める？」

「そうねえ」

マヤは大きな目で天井を見上げた。

「私たちが、こうして見たり聞いたり考えたりしていることを、全部ひっくるめて何ていうかしら」

「たとえば、『意識現象』とか？」

「そうだわ。意識現象、それでいいわ」

マヤは、少し身を乗り出すようにしていった。

「確実に『ある』といえるものは何かといえば、それは意識現象なのよ。今、見ているリュウの顔が、実はただの夢で、本当はリュウはいなかったとしても、夢の中でそう見えてることは確かだわ。だから、その場合でも、意識現象は確実にあるのよ」

なるほど、それはそうだ。今日のデートが夢だったとしても、夢を見ていること自体は否定できない。

「中には、見えてるのかいないのか、あいまいな意識現象もあるし、後から言葉で説明できないことも多いけど、それでもやっぱり、ぼやけた内容の意識現象がそこにあることは事実だわ」

確実にあるといえるものは、意識現象である。おれは、心の中で繰り返した。これが、論証の第一段階だ。

「でも、意識現象っていうことは、もう一方に物理現象があるっていうことだよね。心と物って、普通、対比されるじゃない」

「そうねぇ」

マヤはまた天井を見上げた。

「物質とは何かは、また後で考えましょう。物そのものは実在しないとか、物と心は同一だとか、いろいろ考えようはありそうね。でも、それは保留しとくといいわ。今ここでとりあえずいいたいことは、四月の東京はあたたかいし、この店のエンチラーダスは辛くておいしいし、リュウの顔がすぐ近くに見えるっていうこと。だから、意識現象が今ここにあることは、どう考えたって確かなのよ」

「どんな時でも必ず意識はあるんだろうか。もし、死んじゃったらどうなるの?」

「それも、とりあえず保留ね。そのうち、分かるようになるわ」

なにしろ最初だから、いろいろペンディングが多くなりそうだ。

「そうすると、ぼくには手や足があるっていうことも、ぼくの意識現象なのかなあ」

「もちろん、そうよ。手や足があるっていう内容の意識現象だわ。意識とは別に、足とか脳とか心臓がモノとして本当にあるのかどうかは、後であらためて考えたらいいわ」

確かに、自分に手足があることは疑いようがないように思える。しかし、事故などで手足を切断しても、それがまだあるような感覚が残ることは多いという話も聞いたことがある。だとすると、手足があるという意識と、それが本当にモノとしてあることとは区別した方がいいのかも知れない。


外に目をやると、春の日差しはさらに明るく、けだるい静けさが一面に広がっていた。代官山の駅に続く細いまがり道には、人影もなかった。

「この空間の奥行きも、ぼくの意識現象なのかなあ」

「もちろん、そうよ。すごく生々しい映像だけど、これもやっぱり今ここにある意識現象だわ」

「百メーター先のショーウィンドウもここからよく見えるけど」

「よく見えてても、ショーウィンドウは今ここにはないわ。もし、百メーター先まで歩いていったら、そこではきっと別の映像が見えてるでしょうし」

そんなもんかなあと、おれは思った。

「ずっと奥まで広がってるように見えても、やっぱりぼくの意識に映る、平たい映像に過ぎないわけだ」

「そうね。でも、意識現象は平たくないわ」

「え？」

「意識現象っていうと、テレビや映画の画面を想像するじゃない。だから、平たい映像だって思うけど、意識現象はモノじゃないからテレビの平たくて硬い画面には例えられないのよ」

なるほどそうか、とおれは思った。意識現象はテレビの画面には例えられない。悲しみや記憶が、平たいガラスの物体ではないように。

「だから、風景という意識現象がここにあるっていうことは、どこまでも生々しい『奥行き』感覚が『今ここ』にあるっていうことなのよ。すべては感じるままでいいし、何も不思議なことはないわ」

マヤは、食後にメキシカン・ビールのテカテを注文して、おいしそうに飲み干した。コップ一杯で赤くなる男をおれは何人も知っているが、楚々とした美少女の（もちろん、未成年の）マヤが、当たり前のように昼間からビールをたしなんでいることが、おれにはたまらなく面白かった。

本当に、ふしぎな美少女だ。

「大事なことは、『私が意識現象を経験している』っていう言い方が、実際には正確じゃないっていうことよ」

「どうして?」

「そういう言い方だと、見えたり聞こえたり思ったりする意識現象とは別に、のっぺらぼうの『私』というモノがどこかにあって、それが、意識現象を、まるでテレビを見るように、ながめてるって思えるじゃない。でも、そんなのっぺらぼうの『私』なんて考えるだけムダでしょ。私は必ず何かを見たり聞いたり思ったりしているわけだから、結局、私は意識現象そのものなんだわ」

「つまり、『マヤ』というモノが意識現象を見ているんじゃなくて、『私はマヤだ』と思っている意識現象が、どこからともなく湧き出てるっていうこと? そういう見方をした方がいいっていうことかな?」

「その通りよ」

少女はまったくしらふのままだった。

「でもさあ、普通は、ぼくという主体的なモノが、何か別のモノを見てるって考えるじゃない?」

おれの想像の中で、横向きの人形がおもむろに立ち上がり、目から矢印のついた点線がツツツツと伸びて、前方にある四角い箱に的中した。

「そうね。でも、そういう時の『ぼく』とか『何か』は、特定の物体をイメージしてるでしょ。物体と物体の関係は、物理現象の問題だから、また後で考えたらいいのよ。肉体という物理現象と私たちの意識現象とが、実際にどう関係するのかも、後で考えたらいいことだわ。今日はとりあえず、意識現象があるっていうことだけをおさえておきたいの」

辛い料理のおかげでのどがかわいたので、おれもビールを注文して飲んだ。マヤは、議論がすすむにつれて、ますます楽しそうに、大きな目を輝かせていた。確実にあるといえるものは意識現象である。輪廻転生の証明にはまだまだ距離がありそうだが、今日の結論がとりあえずそこに落ちつくことは、もはや明らかだった。

3

少し頭は疲れたが、最初はまた会えるかどうかも分からなかったマヤと、こうして長々と語り合えたことにおれは満足だった。この後は、近くを散策し、軽い夕食をすませて、もう一度新宿のディスコに行くに限る。もちろん、マヤと二人でだ。

しかし、話はさらに意外な方向に発展した。

「ねえ、リュウ」

マヤはまた、身を乗り出すようにしていった。

「今度、私の別荘に来てみない？　海がきれいで、すごく見晴らしがいいから絶対リュウも気に入ると思うの」

　マヤは、本当におれに来てほしそうだった。

「他に誰もいないから、完全に二人だけでゆっくりと会えるわ。リュウは芸術家なんだから、あの景色は絶対見ておくべきよ」

　おれも、女の子から別荘に招待されるのは初めてだったし、海辺に別荘を持っているようなお金持ちと付き合うのも初めてだった。

「場所がかなり遠いから、五月の連休にでも泊まり掛けで来るといいわ」

「本当に泊り込んでもいいの？」

「もちろんよ。リュウ一人ならいつでも大歓迎だわ」

　この一言が、おれと、あの潮騒の家との出会いのきっかけとなった。

メキシコ
りょうり
メキシコのたべもの
タコス ¥500
やさいスープ ¥360
たきこみごはん ¥800

Our Nirvana

第二章　五月の海

1

その二週間後、五月の連休を利用して、おれはマヤの別荘を初めて訪問した。別荘の鍵と、道順を書いた「宝さがし」のような簡単なメモを渡され、中には誰もいないはずだから先に行って待っていてほしいといわれて、とりあえず、一人で出発することになった。マヤは、大学のクラスメートと都内で昼食の予定があるので、後からおくれて行くということだった。

もともと旅行家でもなく、数カ月前まで受験生生活をしていたおれにとって、遠いいなかへの一人旅は、のびのびした解放感を満喫するチャンスだった。

何度も電車を乗り継いだ後で、最後に乗った支線の鈍行列車は、晩春の田園地帯を這うように進んでいった。「宝さがし」の紙に平仮名三文字で書かれた不思議な名前の駅は、最後の乗り継ぎ駅から四十五分のところにあった。おれは、その駅の、誰もいないホームに一人でおりたった。

駅前には、タクシーとバスのポートがあったが、タクシーが一台とまっている他は、車も人影もなかった。駅舎の隣には一軒の喫茶店があり、その前だけは、外までもれてくるほどのテレビの音と、大声で話す男たちの、場違いな喧騒に包まれていた。

おれは、「宝さがし」の指示通り、電車の線路と直角に延びる畑の中の小道を歩いていった。やがて、道路は家々が不規則に建ち並ぶ集落に入り、道は民家の間で迷路のように曲がりくねった。周囲には古い家もあれば、新しいこぎれいな建物もあったが、どれも広い庭や石垣に囲まれ、昼間なのに物音は一つもしなかった。午後の日差しはさらにあたたかくなり、おれは上着を脱いで肩にかついだ。

駅から二、三十分歩いたところで、道は自動車道と交差した。自動車道は高い盛り土の上に造られていて、その土手がおれの視界を城壁のようにさえぎった。だが、この道路を越えれば、すぐそこに海があるらしいことは、何となく雰囲気で分かった。

少し右手に、道路の下をくぐるトンネルが見つかった。そしてトンネルの向こうには、砂浜と、輝くような五月の海がのぞいていた。

おれは、こんな美しい海を見たことがなかった。おれの知っている海は、どんよりした鉛色で、夏の海水浴場は、歩くのもままならないほど混み合っていたが、ここの海はまるで違っていた。海面は鮮やかな青一色に染まり、船も堤防も見えず、紺碧の空に接する水平線まで視界をさえぎるものは何もなかった。砂浜は果てしなく何キロも続いていて、海の家も海水浴客も見当たらなかった。浜辺には白い波がたえず打ち寄せ、単調に繰り返される波音は、聴衆のいないオーケストラのようだった。人影といえば、三百メーターほど右手に一台のワゴン車がとまっていて、一人の男が魚釣りの準備をしていた。その向こうでは、二人の女が服のまま腰まで海に入って、海底の何かを採ろうとしていた。しかし、海岸の広さからすれば誰もいないのと同じで、おれは、見渡すかぎりの海と砂浜を、たった一人で所有している気分になった。

トンネルを通り抜けたすぐのところは自動車道の下の土手のふもとで、石や雑草やボートの破片が散らばっていた。しかし、数歩進むと、そこはもう何もない砂浜の上だった。おれは、招かれるように砂浜に立ち入り、波打ち際までまっすぐに歩いた。水際に立ってしばらく海をながめ、それから砂の上にすわって、もう一度ながめた。そして、思い切って素足になり、バッグと上着を浜に置いて、ひざまで海に入った。季節はまだ五月だが、透き通った水は驚くほどあたたかく、このまま泳いでも冷たくないなと思った。

「宝さがし」の紙は、マヤの別荘が、左に数百メーター行ったところにあることを示していた。そちらに歩いてゆくと、浜はしだいに狭くなり、樹のはえた小さな岩の岬が海中に突き出ているのが前方に見え、その手前に、確かに別荘があった。

おれは、預かった鍵で扉を開け、遠慮なく中に入った。入ったところは、薄い敷き物をしきつめた広いサロンで、海を見下ろす窓に向かって四つの椅子が並べられ、片隅には酒場のカウンターのような長机があった。壁ぎわには、いろいろな動物（らしきもの）の大きなぬいぐるみも並んでいた。長机の上にはゲストブックがあり、おれはそれを開いて、見知らぬ名前が並ぶ後ろに「神川竜一」と大きく書き込んだ。

それから、誰もいないのをいいことにして、おれは、冷蔵庫から食材や飲み物を勝手に取り出し、一人で腹ごしらえをした。誰もいなくても、どの部屋もきれいに整頓され、家具も食料も生活用品も、完璧に準備されているように見えた。

2

マヤは、予定より早く、まだ日が明るいうちに到着した。ドラマのヒロインなら大型バイクで颯爽と登場するところだが、マヤは、駅前で見かけたタクシーに乗って現れた。上着も旅行鞄も持たず、ポシェット一つを肩に掛けた彼女は、栗色の髪がさらに長く伸び、ジーンズがブルーから黒に変わったことだけが、この前と違っていた。

窓の中におれの姿を認めると、まるで子どものように、うれしそうに手をふった。おれも、扉を開けて外に出て、砂浜の真ん中でおれたちは対面した。

「ここの場所、すぐ分かった？」

「うん。他に何もないから迷いようがないよ。それにしても、すごくいい家だ。景色も最高だし」

「海と空がとてもきれいなのよ。これで、あなたのインスピレーションを思い切り刺激できるといいわ」

おれがもうピカソかターナーにでもなったように、マヤはいった。

「連休の終わりまでいていいのよ。その後は学校があるからムリでしょうけど」


サロンの中でマヤは軽食を作って、二人で食べ、それから、おれたちはもう一度砂浜に行った。別荘の敷地がどこまであるかはよく分からなかったが、他に誰もいないから、海岸全体がプライベートビーチのようなものだった。

「今日はほんとにあったかい。このまま泳げそうだ」

おれは何気なくつぶやいた。マヤはしばらく黙っていたが、突然、思いついたようにいった。

「泳ぎましょ」

おれは上半身はだかになり、マヤは上に着ていたシャツだけをぬいで砂浜に置いた。それからおれたちは二人ともジーンズのまま腰まで海に入った。

「ほんとにあったかい。沖の方まで行けそうよ」

マヤはもう一度浜にもどり、別荘から一枚のビーチボードを持ち出して海に浮かべた。それから二人は、今度はほんとうに首まで水につかり、同じボードにしがみついて並んで泳ぎ始めた。夏でもなく、水着でもないという非日常感が、たまらない快感だった。沖に行くほど波も高くなり、顔に水がかかるたびにマヤは悲鳴をあげたが、それでも彼女は、どんどん沖まで行きたがった。

さっきまで真っ青だった空が、夕暮れになるのはあっという間だった。おれたちは時間を忘れ、漂流民のように遠泳を楽しみ、ぶどう酒色の海と見事なサンセットを、波の間から堪能した。

3

次の日の朝、おれとマヤは泳ぎ疲れて、二人とも遅く目覚めた。波の音は今日もにぎやかだったが、おれの意識の中には、なかば眠りながら聞いていた前夜の波音が、いつまでもこびりついていた。「潮騒の家」という言葉が自然に頭に浮かんだ。

おれたちは着がえて、明るいサロンの中で、マヤの盛りつけた朝食を食べた。窓の外には、二人が昨日着ていた服が、仲良く並べて干してあった。

午前中、おれはスケッチブックを持って砂浜に行き、波打ち際にあぐらをかいて海を写生した。マヤも、ワンピース姿に白いジャケットをはおってすぐ隣で砂の上にすわり、ラジカセで洋楽を聞いたり、寝ころがったりした。

「この前の話だけどさぁ」

おれは、話しかけた。

「輪廻転生の証明の続きはどうなるの？」

「どこまで話したっけ？」

「意識現象はある、っていうとこまでだよ」

「そうね」

マヤは、海を見ながら、しばらく考えた。

「意識は絶えず変化するから、変化について考えることが次のステップになるわ」

そして、海を見たままでいった。

「リュウは、何かが変化していくとき、それは、切れ目なくずうっと変化してると思う？　それとも、パッパッパッパッて区切れながら変化してると思う？」

「普通は、ずうっと連続して変化するもんじゃない？」

「そうよね。そう感じるわよね。でも、よく考えるとそうはいかないのよ」

マヤは、砂の上に指で一本の棒線を描き、しばらくじっと考えてからいった。

「たとえば、意識の中で、矢が飛んでいるのが見えるとするでしょう」

ミサイルでも投げヤリでもいいんだろうな、とおれは思った。

「矢がA点からB点まで飛ぶとして、時刻t1には矢の先端がA点、時刻t2にはB点まで来るとするわね」

いきなり数学者のようになるところも、かわいかった。

「時刻t1では、『矢の先端はA点にあってB点にはない』。時刻t2では、『同じ矢の先端がA点にはなくてB点にある』。この二つの出来事は、同時に起きることができると思う?」

「ありえないよ。同時に起きたら、それは矛盾だよ」

「そうよね。だから、A点到達の瞬間とB点到達の瞬間とは、別々にしか起きないのよ。A点とB点の距離をどんなに小さくしても、t1とt2の時間差をどんなに小さくとっても、二つが少しでも区別できる限り、このことに変わりはないわ」

確かに、疑う余地はなかった。

「だから、一つの瞬間の中に、A点到達とB点到達の両方の出来事が、切れ目のない連続した動きとして含まれることはありえないのよ。実際には、一つ一つの出来事は、デジタル時計のように、順番に入れ代わりながら、つながっているだけなの」

要するに、時間は非連続であり、決して、べったりと連続して流れたりはしないということか。

「でもさあ、『A点到達』とか『B点到達』っていうような『瞬間』を、持続時間・無限小だと考えればいいいんじゃない？　無限に短い『瞬間』なら、デジタルで区切れていても、ずうっと連続してるのと区別できないよ」

「そうねえ、でも、瞬間の持続時間が無限小だと、どんなに短い時間幅をとっても、必ずその中に複数の瞬間が含まれることになるわ。数学的にいえば、無限の瞬間が含まれることになるのよ。そうすると、同時に起きることができない二つの瞬間が、どんなに短い時間幅の中でも必ず一緒に起きていて、別々には起きないことになるわ」

マヤは数学に堪能なところを見せた。

「ということは、これもダメか」

「もちろん、瞬間の持続時間がゼロっていうこともありえないわね。持続時間がゼロなら瞬間は消滅しちゃうから」

変化する意識現象は瞬間ごとに区切れている。一言でいえば、こんなところだろうか。そうした瞬間は、持続時間がゼロでもなく、無限小でもない。しかし、それは、ただ一つの出来事だけを含んでいて、決してそれ以上分割することができない文字通り単一の瞬間だ。まるで、きらめくダイアモンドのような硬い時間のかたまり。時間の原子核だ。

二つ以上の瞬間を見比べて、矢の先端が移動していれば、その矢は「動いている」といえるだろう。逆に、二つ以上の瞬間にまたがって、矢の先端が同じ位置ならば、その矢は「静止している」といえる。しかし、たった一つの瞬間の中には、「動」もなく「静」もない。だから、矛盾を認めない以上、一つの瞬間の中には変化は含まれず、持続も含まれていてはいけない。

とりあえず、おれは、そこまで考えた。


「でも、一瞬って、実際は何秒ぐらいなんだろう？　百分の一秒とか一億分の一秒とか、いろいろ考えられそうじゃない」

「むずかしい問題だわ」

マヤは、もう一度、海の彼方を見つめた。

「アニメ映画の一コマは二十分の一秒だし、物理の授業では、たしか〝十のマイナス四十三乗〟秒っていう、気の遠くなるような時間も出てきたわ。でも、そんな短い時間じゃなくても、茫然としていたり昏睡したりすれば、意識現象としては一瞬じゃないかしら。物理学的な時間は、意識現象の中に現れた何かのモノを『時計』と定義して、それをもとにして作られた人工の時間なのよ」

「つまり、そういう数値にはあまりこだわらなくてもいいっていうこと？」

「そうね。それより大事なことは、瞬間の中には、変化もなければ持続もないんだから、瞬間は、文字通り一瞬で終わるっていうことよ」

要するに、意識現象は絶えず移り変わり、とどまることができない運命にある。諸行無常。まるでラットレースだと、おれは思った。

4

議論がかなり深遠なレベルに入ってきたことを、おれは自覚していた。だから、おれたちは、また海を見つめ、脳の緊張をゆるめて、波の音に波長を合わせようとした。

「でも、変化する意識現象が、瞬間と瞬間のデジタルなつながりだとすれば」

とおれはいった。

「物の動きがギクシャクして見えたりしないかなあ」

「そうよねえ。普通は、最低三秒間ぐらいの時間の幅が『今現在』に含まれてるように感じるわ。だから、デジタルな時間っていうと、すごく不自然で、なめらかさがなくて、ギクシャクしてるように思えるのよね」

　そういって、マヤも、またしばらく考え込んだ。

「でもそれが錯覚だってことも証明済みだし。すごく難しい問題だけど、たとえば、こんなふうに考えたらいいと思うの。一つは、変化も持続も含まない最小の瞬間が隙間なく続いている以上、それは十分なめらかに感じるだろうっていうこと。もう一つは、意識現象には記憶の残像が伴うから、意識の中の物事はギクシャクしては見えないだろうっていうことよ」

「記憶の残像？」

「矢の先端がA点にある瞬間とB点にある瞬間とは、別々の現象だけど、もしかしたら、AからBへ流れるような形で一つのイメージとして見えてるかも知れないじゃない」

「走っている新幹線を写真に撮ると、後ろに流れるように写るっていうような？」

「そうよ。だから、矢の先端がB点にある瞬間でも、A点のところまで記憶の残像が伸びていて、そうした『流れ』を含んだ知覚全体が、一瞬の意識現象なのかも知れないわ。そういう記憶の残像がべったり付着することで、本当はデジタルな時間の中の一瞬の意識なのに、連続した運動や変化をそこで体験してるように感じるのよ」

「なるほど。そういう記憶の残像は、視覚的な意味での『残像』でもあるし、文字通りの意味での『記憶』でもあるわけだ」

「こうして海を見ていても、この瞬間だけの意識現象だとは絶対思えないわ。海はずっと前からここにあり続け、私はさっきからそれを見続けてるっていう安定感が必ずあるじゃない。それも、そうした記憶残像が、一つの印象として、本当はこの瞬間だけの意識現象の中に付着しているから成り立つのよ」

　確かに、そういうことならおれにも思い当たることがあった。十九世紀の絵画の話だ。いわゆる印象派の画家たちは、風景を、移ろう光の中の一瞬の印象だと考え、いかにもそれらしく描いた。視覚映像が絶えず移ろう無常なものであることは確かだ。だから、印象主義は最も写実的な表現になるはずだったが、どこか不自然な感じが残った。理由は簡単だ。視覚映像が客観的には「一瞬のもの」だとしても、われわれはその映像を「一瞬のもの」として知覚するとは限らない。客観的な事実には反するが、「ずっと持続しているもの」として知覚する方が多い。だから、ポスト印象派のセザンヌのような画家は、逆にどっしりした安定感を絵画の中で強調しようとした。

　そんな話をマヤにしながら、おれの頭の中では「移ろいの中の永遠」という言葉が、言葉にならない言葉として、凝結していった。移ろいの中の永遠。それはまさに、今のおれたちそのものかも知れないと思った。

5

おれたちは、別荘にもどって、サロンで昼食のサンドイッチを食べ始めた。おれは、スケッチブックの余白に、今までの思索の成果をまとめて、ペンで書き込んだ。

1　意識現象はある。

2　意識現象は、変化も持続も含まない単一の瞬間の連なりだ。

「これで輪廻転生の証明に近づいたのかなぁ」

「ばっちりよ。準備はしっかりやっとかなくちゃ。あせらないで」

マヤはにっこりと笑った。

それから彼女は、ペンをとって余白にもう一つ書き加えた。

3　意識現象は、空間的にも単一不可分だ！

「それって？」

「つまりこうよ」

マヤはスケッチブックの次のページに、サインペンで二人の人物のイラストを描いた。ボサボサの髪をしたチビの方がマヤで、ヒョロヒョロの背の高い方がおれのようだった。

「こんなふうに、私とリュウが並んでる映像を、誰かが見てると思ってね。さて、この意識現象は、私とリュウを含めて全体で一つでしょうか？　それとも、私とリュウと二つの意識現象の組み合わせでしょうか？」

「もちろん全体で一つだよ。だって、この場合のぼくは、単独のぼくじゃなくて『マヤもいっしょに見えてる状態のぼく』だし、マヤも、単独のマヤじゃなくて、『リュウイチがいっしょに見えてる状態のマヤ』だから」

「そうよね。それでも、『マヤはやっぱり一人のマヤじゃないか』と思う人は、この映像の中のマヤの方だけに注目して、そこだけを見て、マヤが単独のマヤだと思い込んでるのよ。でも、マヤだけを見た時の視覚映像は、マヤとリュウを含んだもとの視覚映像とは別物だわ。もとの映像を考えるなら、マヤとリュウの両方を、必ず同時に見ないといけないのに。それと同じで、どんな瞬間の意識現象も、いつも、必ず全体が一つなのよ」

これが、あとで重大な結果を引き起こすことになるとは、その時のおれは気がつかなかった。

「一つの視覚映像の中のマヤとリュウの関係は、一つの意識現象の中の視覚と聴覚の関係にも当てはまるわ。たとえば、今ここには見えているものがあるし、聞こえているものがあるし、匂っているものもあるし、考えていることもある。でも、そうした種類のちがう内容の全体が、今ここの、たった一つの私の意識現象なのよ」

よくこれだけ考えたもんだとおれは感心したが、マヤは平然とサンドイッチを平らげ始めた。

「ここのキッチンには、ビールもワインも日本酒もたくさん入れてもらってるから、デザートがわりに、好きなだけ飲んでいってね。ないのは高級シャンパンだけよ」

そういって、彼女は満足げにほほえんだ。やっぱり、この子は、昼間から酒をあおるのが習慣なんだとおれは納得し、余計なお世話だと思いながらも、彼女の健康を心配した。

「マヤは本当に思考力があるな」

おれは、話題を変えた。

「そうでもないのよ。輪廻転生にしても、おおまかな証明の輪郭ははっきり分かるんだけど、細かい問題点とか解決法はなかなか一人じゃ思いつかないわ。リュウがいてくれるおかげで、不思議なぐらい頭がさえて、謎がとけてゆくの。ただ、いてくれるだけでいいのよ。私が一人でしゃべってるみたいだけど本当は共同作業だって心から思ってるわ」

つまり、おれは受験のお守りみたいなもんか。

まあ、いい。厳密な証明は、とりあえずマヤに任せることにしよう。美術家としての自分の役目は、世界をイメージ化して表現することだ。おれは、そう自分にいいきかせた。おれは、おれのやり方で、世界の神秘に近づかなければならない。

第三章　恋のはじまり

1

　五月の連休に、おれがマヤの別荘に滞在したのは、結局三日間だった。しかし梅雨があけて、夏休みが始まる七月後半になると、おれは、ほとんどエンドレスの気分で「潮騒の家」に泊り込んだ。もちろん、ずっと居続けたわけじゃないが、用事があるたびに、そのつど東京にもどるという感じだった。六月の間にマヤは「年上の彼女」になったが、外見的には全く変わらなかった。海辺の明るさも五月の時とほとんど変わらず、砂浜に海水浴客がおしかけることもなかった。マヤは、別荘の中では、はでな水着にTシャツで走り回ったが、海岸では、人に見られるのを恥ずかしがって、水着の上からショートパンツで泳いだり、ジャージ姿で歩き回った。


　輪廻転生を証明するための準備の最終作業は、まさにそうした七月が終わり、本格的な夏を迎えたばかりの、ある夕暮れに行われた。おれたちは、潮騒の家のサロンから海上の夕日をながめ、夕食後の飲み物を何種類も長机に並べて、「討論」を始めた。

「目的地まであと一息ね」

　マヤはいかにも意欲的だったが、ここからが難所だという緊張感もただよっていた。おれのスケッチブックはいつの間にか黒板代わりにされ、五月におれが書いたメモのページが開かれていた。

1　意識現象はある。

2　意識現象は、変化も持続も含まない単一の瞬間の連なりだ。

3　意識現象は、空間的にも単一不可分だ。

（この前、マヤが書いた「びっくりマーク」はおれが消しておいた）

「ここまでは、意識現象について考えてきたけど、この次は、それ以外のものも考えなくちゃいけないわ」

マヤは、スケッチブックの余白に続けて書いた。

A　意識現象以外の物理現象。

B　私以外の、他の人の意識現象。

C　私のものだけど、「今」以外の意識現象。

D　今ここの、私の意識現象。

「間違いなくあるといえるのはDだけだわ。それ以外のものは、あるかも知れないし、ないかも知れない」

　本当にあるのかどうか、たとえ疑わしくなくても、疑えるものはすべて疑わなければならない。まさに哲学者デカルトの教えの実践だとおれは思った。

「それで終わりよ」

「え？」

　最初は冗談かと思ったが、マヤの様子は真剣だった。

「だって、分からないものは分かりようがないじゃない」

「すごく単純なんだね」

「そう？　じゃあ、もう少し見方を変えてみましょう」


「BとCは、あるかどうか分からないし、あるとしても、中身は断言できないわ。それでも、一応意識現象だから、もしあるとすれば、今ここで私が経験している状態とそれほど違わないことも確かよね」

「ぼくらの経験とそれほど違わないもののことを『意識現象』って呼ぶわけだからね」

「それに比べて、Aのような物理現象、つまり、『物そのもの』は、あるかないかどころか、どういうものかも見当がつかないわ。たとえば、ここにあるグラスとは、一体何なんだろうって考えてみて。私に分かるのは、目で見た時の色や形、指でさわった時の肌ざわり、たたいた時に耳で聞こえる音。どれも私自身の意識現象だから、グラスそのものじゃないわ」

なるほど、それはそうだとおれも思った。

「グラスとは、『目で見る人に、グラスの形を知覚させるもの』って説明されることもあるけど、それ自体がどういうものかはまるで分からないままだわ。その上、誰も見ていない時にはグラスの形さえなくなっちゃうわけだし、永久に見る人がいなければ、それこそ影も形もないってことでしょ。グラスの代わりに、原子や素粒子がそこにあるとしても、原子や素粒子は見ることもさわることもできないし、私たちが普通に考えてるグラスのイメージとは似ても似つかないもののはずよ」

「『グラスそのもの』っていうのがもしあるとすれば、それは、私やあなたがグラスに生まれ変わった時に経験する状態のことだわ」

とマヤは続けた。

「その状態こそ、物理現象そのものだっていうこと？　でも、赤いグラスに生まれ変わったら、目の前が真っ赤になるのかな」

「そうかも知れないし、そうじゃないかも知れないわね。どっちにしても、手掛かりがないわけだから。結局、物そのものとは、ここでどう考えても、不可知のXとしかいいようのないものなのよ」

おれは、この世界の見慣れた姿が、溶けて流れ出すように感じた。

「物そのものについては、普通に考えたって不思議なことばかりだわ。たとえば、ここに見えてるグラスに対応して、グラスという『物そのもの』があるのかしら。それとも、グラスを作ってる原子とか素粒子に対応して、『物そのもの』があるのかしら」

「どっちみち不可知だから、分かりようがないわけだ」

「そうよ。それに、もしかしたらグラスとか机とか素粒子じゃなくて、私たちが考えてる宇宙全体に対応して、ただ一つの『物そのもの』があるのかも知れないわ」

それは、確かにおれも考えたことがあった。たとえば、おれたちが富士山を思い浮かべる時、普通は「へ」の字型の山を想像する。しかし、「へ」の字の左右が切れているのは視野の限界があるからで、絵ならば額縁があるからだ。しかし、自然そのものには視野の限界もないし、額縁もない。つまり、富士山の山稜が一定の箇所で終わることは実際にはなくて、海を越え山を越え、延々と無限に続かなければならない。同様に考えれば、宇宙空間全体も一つながりのものであり、一定の範囲で区切ることはできないはずだ。

また、こうも考えられる。富士山は横から見れば三角形だが、上から見れば円形だ。どちらをとるかは、見ている人の位置に依る。しかし、自然そのものは「見る人」と関係なく、客観的に存在しているはずだから、富士山そのものが三角形なのか円形なのかは解決のつかない問題だ。仮に円錐形だとしても、おれたちが具体的に想像する円錐形は、必ず特定の位置から見られた円錐形だ。どの視点とも無関係の「円錐形そのもの」は、言葉の上では考えられても、われわれの想像を絶している。

結局、モノに関するすべての知覚はわれわれ自身の意識の内容だから、物そのものは、どう考えても、不可知の現象Xといわざるをえない。


「物そのものとか物理現象は、たとえていえば、自分がモノになった時に経験するであろう状態なんだよね」

「そうだと思うわ。ただし、そんな経験の内容は、まるで想像もつかないけど」

「それって、ものすごくおぼろげな意識みたいなものかなあ。つまり、人間よりも目や脳が単純な動物はあいまいな知覚しか持てないわけじゃない？　物そのものは、それをさらに徹底させた、光も音もない曖昧模糊とした『意識』じゃないかと思うんだ」

「そうかも知れないわね。物理学者がいうように、光も音も知らなくて、五つか六つの性質だけを持った素粒子というものがあると仮定し、その一つ一つが物理現象なんだと考えれば、きっとそうだと思うわ。でも、本当にそうなのかは確かめようがないのよ。そもそも、物理現象があるのかどうかも不可知だから、物理現象は一つもないかも知れないし、空間の領域や素粒子に対応して無数にあるのかも知れない。宇宙全体が一つの物理現象なのかも知れない。その内容も、全く想像がつかないわ」

「だとすると、ぼくたち人間の意識現象とは比べようがないわけだ」

「そうね。でも、全く無関係でもないわ」

「?」

「一つの物理現象が今ここにある。つまり、この私がグラスや石のようなモノとして存在してるとするでしょう。そうすると、その時の私は、人間としての意識現象ではないはずよ」

「確かに」

「逆に、一つの意識現象が今ここにある、つまり、この私が人間として今ここに存在すると考えてみて。そうすると、その時の私は、グラスとか石みたいな物理現象じゃないはずだわ」

「もちろん」

「つまり、物理現象の内容は想像がつかないけど、意識現象と物理現象とは、同時には現れないのよ。でも、だからこそ、互いに排除し合うという意味で、両者は同類の現象なのよ」

それはまるでアクロバットのような、意表をつく論理だった。確かに、少しでも異なる現象は別の現象というべきだが、一方、互いに排除し合うものは、同類の存在でもある。

「だから、物理現象も、もしそれがあるとすれば、具体的な内容はどうであれ意識現象と同じように考えていいのよ。つまり、『一つの物理現象』は、変化も持続も含まない単一の瞬間だし、内容的にも単一不可分の存在なんだわ」

マヤは、おれのスケッチブックにあったメモに、新しい項目を書き加えた。

1 意識現象はある。
2 意識現象は、変化も持続も含まない単一の瞬間の連なりだ。
3 意識現象は、空間的にも単一不可分だ。
4 今ここの意識現象以外の現象は、その存在も内容も断定できない。しかし、もし存在するならば、意識現象同様、単一の内容を持っている。

外はすっかり日が落ちて、夜の海原に潮騒だけが続いていた。

「少し休ませて下さる？　年をとると疲れやすくなるわ」

マヤは、大きな目のまわりにおしぼりを当てて、ほてった顔を冷やした。

「そうしよう。なんせマヤは十代も今年が最後だからな」

「思い出させないで。あと半月でリュウもそうなるんだから」

そういうと、彼女は、またにこやかにほほえんで、好物のシェリーを飲みほした。

2

おれたちは外に出て、夜風に当たりながら砂浜を散歩した。マヤは、水着の上にムウムウを着て、おれの腕をとり、何もいわずに歩いた。それから、サロンにもどって、また議論を続けた。今日のテーマは、なかなか難所つづきだとおれも実感した。

「どうしても考えとかないといけないのが、因果関係の問題だわ」

残りの論点はあとわずかのようで、マヤは、先を急いでいた。

Aの作用が「原因」となって、Bの変化を「結果」として生み出す。ビリヤードのキューがボールを押し出すように。それが因果関係のイメージだといえるだろう。

「右側からビー玉Xが飛んできて、止まっていたビー玉Yを左向きにはじき飛ばしたと考えてね。

普通は、Xが原因でYが動いたって考えるわ。でも、どうしてYは動いたのかしら。当たった瞬間に両方が止まったり、XがYをすり抜けたりしないのはなぜ？」

「そういう物理法則があるからさ。ビー玉がビー玉をすり抜けないのも、ビー玉を作っている原子と原子が共有結合でしっかりくっついてるからだよ。それも一つの物理法則だけど」

「それじゃあ、どうして、そういう物理法則があるの？　問題は、一つの物理法則の原因を科学的に説明できても、その説明の前提となる事柄に対して、また、『なぜ？』って問うことができることだわ。それは結局、どこまでいってもきりがないのよ」

　マヤは一息にしゃべった。

「だから、ビー玉Xの動きは、ビー玉Yがはじき飛ばされたことの原因の説明にはなれないのよ。『なぜ？』を無限にいい続ければ、どんな説明も、完全な説明ではないことがはっきりすると思うわ」

「でも、普通は、XがYを動かしたって説明されるけど」

「それは、仮の説明だわ。モノがモノにぶつかれば、ぶつかった相手が動くっていう経験法則は一応あるじゃない。そういう法則を自然法則とか物理法則とか名づけて、それらを組み合わせてビー玉Yの動きを解説してるだけ。でも、経験法則自体が原因の説明できない不思議なものだから、それを組み合わせてもYの原因の説明にはならないわ」

「つまり、どんなものでも、突きつめて考えれば、真の説明とはいえないってことか」

ビー玉Xが衝突する。ビー玉Yが反対側に飛ぶ。二つの事件はこの順序で起こり、同じ実験を無限に繰り返すことも可能だ。しかし、それは単なる事実の連続であって、XがYを動かしたわけじゃない。「原因」とは、言葉の上の虚構なんだ。そう思いながら、おれはまたまた、見慣れた世界が溶けて流れ出すのを感じた。今夜で二度目だけど。


「それじゃあ、ビー玉Yは何ではじき飛ばされたんだろう。他のモノが原因じゃないとすれば？」

「それはね」とマヤはいたずらっぽく目を輝かせた。

「完全な偶然といってもいいし、完全な必然といってもいいけど、結局、そうなる運命だったのよ」

おれは今度こそ、目の前がくらくらしそうになった。運命論？

「あら、そんなに不思議な話かしら」とマヤは平気な顔でいった。

「マヤがリュウと出会ったのも運命よ」

この家に来る気になったのも運命なのかと、おれは自問した。

「こんなに秩序だった美しい世界が運命の産物だっていうと、一瞬不思議に聞こえるかも知れないわ。だから、科学では、自然法則の組み合わせで、この世界の秩序を合理的に説明しようとするのよ。でも、そうした自然法則自体が不思議な運命の産物なんだから、世界の不思議さは、どっちみち何も軽減されないわ」

確かに、そうかも知れない。

「神さまが意図的にこの世界を作ったって考えても、同じことよ。神さまはなぜ存在するのか、なぜこんな世界を作ろうと思ったのかを問いつめてゆくと、神さまを含めた世界全体の不思議さは何も変わらないわ。変わらないどころか、『作り主』を仮定することで、世界の不思議さは余計深まるはずだわ。それは、ガラスのコップ一つが偶然発生する確率よりも、コップを作れる複雑な脳を持ったガラス職人が偶然発生する確率の方がはるかに低いことからも明らかじゃない」

つまり、宗教では何の説明にもならないってことか。

「それに、すべての出来事が運命だっていうことは、すべてが自然法則で予測できるという意味じゃないわ。明日の天気が物理法則で完全に予測できるかどうかは、私は物理学者じゃないから分からないけど」

おそらく、物理学者でも分からないだろうなとおれは思った。

「でも、それはどっちでもいいことなの。大事なことは、たとえ予測できなくても、一九八〇年八月一日がもし晴れならば、『晴れじゃない一九八〇年八月一日』なんてどこにもないっていうことよ。それが、運命っていうことだわ」

「でもさあ、普通は、未来はまだ決まってないって思うじゃない」

「そうかしら。本当はどこかに決まった未来があっても、今の人は、誰もそれが分からないだけじゃないかしら。そう考えることがおかしく思えるのは、みんな、『誰も分からない』っていうことを真剣に受けとめていないからだわ。たとえば、『誰も分からない』っていわれても、決まってる以上、誰か分かる人がいるように錯覚しちゃうじゃない。全知全能の神さまっていうありもしないものを想像して、神さまなら分かるはずだと思う人もいるし。それで、自分も神さまになったような気になったり、『本当は、分かる人がいるのに、自分だけ目隠しされるのはズルい』って思ったりするのよ。運命論に対する拒否反応なんて大体こんなもんだわ。でも、『自分も含めて誰も分からない』っていうことは、もっと真剣に受けとめなきゃダメなのよ。本当に『誰も分からない』なら、まだ決まっていないのと同じことだし、何も問題はないはずでしょ」

確かに、そうかも知れないと思った。それに、マヤが無神論者だということも、だんだんはっきりと分かってきた。クリスマスの時はどうするつもりだろうというつまらないことまで、おれは一瞬考えた。

「それにしても、こういう話聞いたことない？　資格試験の結果が運命的に決まってるとすれば、合格に決まってる人は勉強する必要がない。落第に決まっている人は勉強してもムダだ。それゆえ、試験勉強はする必要がないって」

「でも、そういわれても、すごく用心深かったり好奇心旺盛だったりして、勉強する人はやっぱりいるんじゃないかしら。多分、そういう人が合格に運命づけられてるのよ。勉強する？　しない？　って、迫られた時に、一瞬の心の動きでどっちかに決まるわけでしょ。それがまさに運命なんだわ」

そこまで一気に話して、マヤはまた目がしらをおしぼりで冷やした。

「Aの後にBが起きる」という法則性が仮にあるとしても、すべては、何の「原因」もなく、ただ運命的に生じている。少なくとも、モノとモノとが因果関係の赤い糸で結ばれてるわけじゃない。おれは、世界の真相を、そんなふうに頭の中でゆっくりと整理した。

「ただ、今の例は、ビー玉とビー玉みたいな、目に見えるモノとモノとの間の関係だったでしょ。でも、本当に存在するものは一つ一つの意識現象と不可知の物理現象だから、因果関係も、そうした現象と現象との間で考えないといけないわ」

「それで？」

「結論はさっきのままでいいのよ。突きつめて考えれば、何かが何かの『原因』だって断定することはできないわ。因果関係の赤い糸で引っ張ってるわけじゃないのよ。それに、意識現象も物理現象も、単一で不可分の完結したワン・シーンだから、そういうものが、他のものと繋がったり関わったりすること自体、最初から考えようがないのよ」

確かに、物理現象と意識現象とがどうして因果的に結びつくのかは、昔から哲学上の大問題だった。それはおれも知っていたが、マヤの説によれば、意識現象と物理現象だけじゃなくて、意識現象どうし、物理現象どうしも、赤い糸で結ばれてはいないことになる。もちろん、意識現象の中の単なる絵柄である「バラの花」と、不可知の物理現象Xとが、因果的に結びつくこともありえない。

「物理現象の中身は不可知でしょ。それなのに、それが『物理』現象だといわれるのはどうしてかしら」

「それは、『バラの花』のような、目に見える『モノ』の原因だからだよ」

「そうよね。でも、そうした因果的な結びつきは本当は幻なのよ。だとすると、不可知の現象Xがもしあったとしても、それが『バラの花』とか『素粒子』とか『銀河系』という具体的なモノに結びつくこともありえないわ。だから、不可知の現象は、ただ不可知の現象としかいいようがなくて、物理現象という呼び方には、何のリアリティもないのよ」

おれの頭の中で、慣れ親しんだ世界が、もう一度溶けて流れ始めた。

マヤは、おれのスケッチブックの中のまとめのメモに、最後の一項を書き加えた。

1　意識現象はある。

2　意識現象は、変化も持続も含まない単一の瞬間の連なりだ。

3　意識現象は、空間的にも単一不可分だ。

4　今ここの意識現象以外の現象は、その存在も内容も断定できない。しかし、もし存在するならば、意識現象同様、単一の内容を持っている。

5　現象と現象の間に因果的なつながりはない。

「準備完了だわ」

彼女はそっとつぶやき、長い間じっとメモを見つめた。大きな目がうるんだように輝いて、まるで、遠い昔に失ったものと、今まさに再会しようとしているようだった。

「これを使って、輪廻転生が証明できるんだわ。とうとうここまで来たのよ」

自分でも信じられないという表情で、マヤは静かにつぶやいた。

3

ここで脳の緊張が限界を超え、人間らしい感情が逆流して、外の潮騒とともに意識に流れ込んできた。おれとマヤは、いつの間にか、もとの平凡な若者にもどっていた。

この世界が運命の所産だということも、にわかには信じられないが、論理的に考えてそういわざるをえないならそれでいいとおれは思った。

ただ、「今ここの私の意識現象」以外は、あるかも知れないし、ないかも知れないという見方には、まだ抵抗があった。それは、もしかすると、世界全体が幻に過ぎないということだろうか。マヤも、海も、この家も。

「私だって、本気で疑ったことはないわ。だからこそ、そういう可能性もあることを落ちついて考えていられるのよ」

マヤは、すっかりくつろいでいた。

「でもね、リュウ。時々、すべてが幻でもいいんじゃないかって思うことがあるの。すべてが夢で、しかも夢だと分かっていても、現実とどれだけ違うのかしら。夢の中のシャンパンやモーゼルだって、たぶんおいしいって感じるでしょうし、夢の中の指が夢の中の熱いお湯にさわりそうになったら、きっと火傷しないように指を引っ込めると思うわ。それに、夢だと分かってる聴衆の前でも、私はきっと輪廻転生について一生懸命議論してるでしょう。だって、黙ってるよりその方が楽しいもの。もちろん、夢の中で好きな人といっしょにいるのも、それはそれで十分幸せなのよ」

「実物じゃなくてもいいってこと?」

「会えないよりいいじゃない」

そんな発想が自然にできる人が、世の中にそれほど多くいるとも思えなかった。マヤは本当に天才哲学者の資質があるのかも知れないし、何かの事情で心を病んでいるのかも知れない。マヤは、サロンの壁際のぬいぐるみを見ながら、話を続けた。

「確かに私は、実物かどうかにあまりこだわってないわね。でも、ここにあるぬいぐるみだって、どれも本当は心がないことが明らかなのに、みんなかわいいし、誰だってぬいぐるみに感情移入できると思うわ」

なるほど、それもそうだとおれが半ば納得しかけていると、マヤは突然、トーンを変えて、小さな声でささやいた。

「リュウもぬいぐるみだったらよかったのにって、私、いつも思うわ」

急に何をいいだすんだと、おれはすっかりめんくらった。

「なんで?」

「だって、毎日、抱いて寝られるもの」

マヤは、そういって大きな目でおれを見ると、また、子どものように笑った。

頭の中がクールダウンするにつれて、夜のやすらぎとともに、えもいえぬ満足感がこみ上げてきた。おれはマヤのぬいぐるみでいいと心から思った。

気の合った友だちから、正真正銘の恋人へと変身する時。それは、長い夏のはじまり。そして、おれたちの短い恋のはじまりでもあった。

Our Nirvana

第四章　夏のおわり

1

長い八月の大部分を、おれとマヤは「潮騒の家」で遊び暮らした。いっしょに海で泳いだり、田園にピクニックに行ったり、そんな日が何日あったか、月の終わりごろには覚えきれなくなっていた。おれも、そのころには誕生日を迎えて、ふたりの年はまた同じになった。

輪廻転生の証明のためにあれほど熱く思索したマヤは、準備作業が完成してからは、ほとんどそれを話題にしなくなった。そういう気まぐれなところがマヤの個性でもあったから、おれも特に続きを催促しようとは思わなかった。

おれはまた、一度だけだが、マヤの母親とも会った。彼女は、服装の趣味も髪形も容姿もマヤとそっくりだった。母親だから、それ相応の年齢のはずだが、「美少女」のマヤと並んでも、どちらが親か区別できないほど二人はよく似ていた。まるで、突然変異で生まれた新種の人類のような、不思議な親子だった。

しかも、彼女は若々しい外見とはうらはらに、貴婦人のような静かなものごしで話をした。おれのことを「神川君」と親しげに呼び、マヤと一緒に暮らしていることをとがめることもなく、長年の知り合いのように、おだやかに、よもやま話をして、帰っていった。

2

永遠に続くかと思われたヴァカンスも、八月の終わりには、ふくれあがった思い出で、息苦しいぐらいになっていた。大学の休みは九月も続くはずだったが、さすがに、そのころには夏の終わりを意識せざるをえなかった。

マヤが、水着のまま砂浜にすわって、おれのスケッチブックに一生懸命何かを書いていたのは、そんな八月三十一日の昼下がりだった。

おれは横にすわって、「何を書いてるの?」と聞いた。

「これを見て」

そういってマヤが差し出したのは、まさに、おれのための授業のペーパーだった。

「一つの意識現象は、いろんな内容を含んだ一瞬の世界だわ」とマヤはいった。

「たとえば、こんな内容を持った六つの意識現象があると考えてみて。六つの現象が、どういう順序で生じたか分かるかしら?」

意識現象A1〔ぼくはリュウイチ。今日は一九八〇年八月三十一日。昨日までの記憶はあるけど明日以降のことは分からない〕
意識現象A2〔ぼくはリュウイチ。今日は一九八〇年九月一日。昨日までの記憶はあるけど明日以降のことは分からない〕
意識現象A3〔ぼくはリュウイチ。今日は一九八〇年九月二日。昨日までの記憶はあるけど明日以降のことは分からない〕
意識現象B1〔私はマヤ。今日は一九八〇年八月三十一日。昨日までの記憶はあるけど明日以降のことは分からない〕
意識現象B2〔私はマヤ。今日は一九八〇年九月一日。昨日までの記憶はあるけど明日以降のことは分からない〕
意識現象B3〔私はマヤ。今日は一九八〇年九月二日。昨日までの記憶はあるけど明日以降のことは分からない〕

「A1の次がA2で、その次がA3だよ。順序としてはそれが当然じゃない?」

「そうかしら。もし時間が逆に流れてたらどうする?」

「A3の次がA2で、その次がA1だってこと?　だんだん忘れてくわけか。でも、八月三十一日が原因になって九月一日を引き起こしてるんでしょう」

「因果関係は、あるように見えるだけで実在はしないのよ」マヤは断定した。

「逆に流れてても、このリュウイチは、逆に流れてるって絶対自覚しないわ。どの瞬間でも、時間は正常に流れてるってずっと思い続けるし、瞬間の外側をのぞくことはできないから、前向きに流れてるか後ろ向きに流れてるかは、気づきようがないのよ」

意表をつかれる話だが、ありえないことでもないと思った。そういえば、宇宙が膨張から収縮に転じる時には、時間も逆流するようになると本で読んだことがある。あくまで物理の理論の話だが、もしそうなっても、人が後ろ向きに歩いたりするわけではなくて、人間の脳の働きも逆になるから、時間の向きが変わったことに誰も気づかないと書いてあった。

「逆流じゃなくてもいいのよ。たとえば、A3からA1、A1からA2っていうランダムウォークでもいいし、同じところを二度以上繰り返してもいいわ。その場合でも、中にいる人は、時間が時計通りに流れてるってずっと思い続けるでしょう」

「誰かが中にいるわけ？」

「それは、分かりやすくいっただけ。実際には、誰かが中から意識現象を見てるわけじゃなくて、『私はリュウだ』とか『マヤだ』とか思ってる意識現象が『現れている』だけなのよ」

「もしかして、A1の次がA2、A2の次がB3でもいいのかな？　A2がB3に変わった瞬間に、ぼくは、自分が『ずっと昔からマヤだった』って確信してるわけだ」

「そうよ。それもありうることだわ。まさに生まれ変わりね」

そういって、マヤはあっさり賛成した。だとすると、おれが実はマヤで、マヤが実はおれなのかも知れない？　何かわくわくするような話だった。

3

ところが、話はそれだけでは済まなかった。議論は、おれが昨日のマヤの生まれ変わりかも知れないという「可能性」の問題を超えて、まさに、生まれ変わりでしかありえないという「必然性」の問題に発展してしまったのだ。

「とはいっても、今の考え方だと、どんなめちゃくちゃな順序で意識現象が生じても、何か一つの順序があること自体は変わらないわね。本人がそれに気づかなくても」

「そうだね」

「でも、問題はそこなのよ。気がつくかどうかじゃなくて、順序そのものが本当にあるのかしら」

「え？」

おれは、またしても意表をつかれた。

「上下でも左右でも先後でもいいけど、そういった『関係』が、意識現象と意識現象の間に、本当に成り立ってるとは思えないわ」

そういってマヤはスケッチブックの別のページを開いた。そのページには、おれたちがこの夏に写した五枚の写真が貼ってあった。もちろん、あとでアルバムに貼りつけようと思って、セロテープで軽くとめてあるだけのものだ。

一つはサロンの中で朝食の盛りつけをしているマヤを写したもの。一つは夕日に染まった海を背景にして半裸のおれを写したもの。一つは水着姿で砂浜にすわって、楽しそうに笑っているマヤ。一つはワンピース姿のマヤを海に放り込んだ時。そして、もう一つは田園の道で散策中の二人を写したもの（たまたま通りかかった人に撮ってもらったものだ）。

「一つ一つの風景写真が、ある瞬間の誰かの意識現象だと思ってね。そうすると、たとえば、サロンの風景が田園風景の『上にある』っていうことはいえるかしら」

「その風景を実際に経験してる時には、その風景しか経験できないはずだよね。つまり、一瞬の意識現象は、一つ一つが完全に完結した世界なんだ」

「そうよ。だから、二つ以上の意識現象をこうやって大きな紙に貼りつけて、同時に見ることができなければ、意識現象どうしの位置関係なんて成り立たないのよ」

「そうすると、この一枚のページは、つまり、全部の写真が並んだ空間全体は、何を表してるんだろう？」

「例えていえば、神が宇宙のすべてを見わたした時の、その『神の視野』みたいなものね。もちろん、『神』っていうのは、ただの例えよ。無神論者なら、『世界全体の現れとしての一つの現象』とかいってもいいわ」

「なるほど。意識現象は、『神の視野』に取り込まれることによって初めて、互いの『関係』を持つことができるってわけか」

「そうよ。でも、問題は、それがありえないっていうことなのよ。私が無神論者かどうかの問題じゃなくて」

そういってマヤは、以前、自分が描いた別のページを開いた。おれとマヤの二人が仲良く並んでるイラスト（らしきもの）だ。

「五月に話したことを思い出してね。『この絵の中のマヤ』は、『リュウもいっしょに見えてる状態のマヤ』でしょ」

「そうだね。この絵の中のぼくも、『マヤがいっしょに見えてる状態のリュウイチ』だ。一人だけを描いた時のぼくとは違う」

「そこなのよ」

マヤは急いで、もとの写真を貼ったページをもう一度開いた。

「だから、『神の視野』の中にある田園風景は、サロンの風景やはだかのリュウやびしょぬれの私がいっしょに見えてる状態の田園風景なのよ。全体が一つのもので、切り離すことはできないわ。でも、意識現象として私たちが実際に経験した田園風景は、田園風景だけが見えてる状態の田園風景よ」

「つまり、どういうこと?」

「『神の視野』の中の田園風景はニセモノだっていうことよ。逆にいえば、ほんものの田園風景を、そのままの形で『神の視野』の中に取り込むことはできないのよ」

それは、テレビでよく見るミステリーの謎解きのようだった。ただし、名探偵がエルキュール・ポワロでもシャーロック・ホームズでもなく、水着の少女だという点以外は。

「でも、意識現象と意識現象の間の位置関係は、空間的にせよ時間的にせよ『神の視野』に取り込まれることを前提にして成り立ってるんだよね。それがありえないっていうことは?」

「『関係』そのものがありえないっていうことだわ。上下も左右も先後も。だから、時間の順序も存在しないのよ」

おれは、混乱した頭の中を整理しようとした。確かに、一瞬一瞬の意識現象は一定の内容に限定された経験であって、外をのぞくことはできない。そうした意識現象が無数に並んでいるとしても、その位置関係や配列を見ることは絶対にできないだろう。マヤのいうように、たとえ神であってもだ。

しかし、「一切関係がない」という関係で並んでいるものを想像するのは、至難のわざでもある。想像したとたんに、いやでも何らかの配列を勝手に思い描いてしまうからだ。だからそれは、決してイメージすることができない世界だ。イメージできないからこそ、まさに、世界の神秘ということになるのかも知れないが。

4

マヤは、もう一度スケッチブックの最初のページを開いた。

意識現象A1〔ぼくはリュウイチ。今日は一九八〇年八月三十一日。昨日までの記憶はあるけど明日以降のことは分からない〕
意識現象A2〔ぼくはリュウイチ。今日は一九八〇年九月一日。昨日までの記憶はあるけど明日以降のことは分からない〕

意識現象A３〔ぼくはリュウイチ。今日は一九八〇年九月二日。昨日までの記憶はあるけど明日以降のことは分からない〕
意識現象B１〔私はマヤ。今日は一九八〇年八月三十一日。昨日までの記憶はあるけど明日以降のことは分からない〕
意識現象B２〔私はマヤ。今日は一九八〇年九月一日。昨日までの記憶はあるけど明日以降のことは分からない〕
意識現象B３〔私はマヤ。今日は一九八〇年九月二日。昨日までの記憶はあるけど明日以降のことは分からない〕

「A１が現れてる時には、そこにあるのはA１だけで、他のものは存在しないわ。しかも位置関係が成り立たないから、他の意識現象はA１の前ともいえず、後ともいえず、横にあるともいえない。ただ『そこにはない』としかいえないのよ。それに、A１自体も必ず一瞬で消滅するから、すぐに別の現象と入れ代わらないといけないわね」

「A１の直後には、どの現象が続くのかな？　でも、現象どうしの間には一切関係がないんだよね」

「そうよ。A２が現れてる時にはリュウが九月一日を生きてるし、A３が現れてる時にはリュウが九月二日を生きてるし、B3が現れてる時にはマヤが九月二日を生きてるわ。でも、どれがどれに続いて起きたのかは絶対に決められないのよ。分からないんじゃなくて、関係自体が成り立たないから。だから、『前』か『後』かということ自体無意味なんだけど、強いてA1の『直後』は何かといわれれば、どれもそうだっていうことになるわね」

世界中のどの意識現象もが、（便宜的な仮の表現ではあるけれども）A1の「前」といってもいいし、「後」といってもいい。場合によっては、A1自体が繰り返し現れるかも知れない。そういうことだろうか。

「そう考えれば、八月三十一日のリュウの『直後に続く』ものは、九月一日のリュウでもあるし、九月二日のリュウでもあるし、九月十日のマヤでもあるし、十月十日のソクラテスでもあるのよ。つまり、私は、『次』の瞬間には、同じ私でありながら、同時に、無数の他者にもなってるわ。意識現象はどれも互いに無関係だから、特定の意識現象と特定の意識現象とが特別につながるわけじゃない。だから、この『私』の連続性なんて、最初から幻想に過ぎなかったっていうことよ」

おれの脳裏に、「無我」という言葉が一瞬ひらめいた。と同時に、輪廻転生の正体がぼんやりと見えてきたようにも思えた。

いずれにしても、このおれが美少女マヤの生まれ変わりでもあることは、ただの妄想やファンタジーを超えて、現実そのものになってきたわけだ。

マヤは、そんなおれの感慨を無視しながら、話を続けた。

「それに、意識現象も物理現象も同じ『現象』だから、意識現象B3の『直後』が、物理現象Xになることも考えられるわね。想像もつかない『物そのもの』に生まれ変わるなんてあまりうれしくないけど、物理現象がもしあるとすれば、それも避けられないことだわ」

5

「それから、死についても、考えておかなくちゃ」と、マヤは突然話題を変えた。

「死がありえないことも、分かって下さるかしら？　たとえば、意識現象A3で九月二日を経験した直後に、リュウが死んだと考えてみて。夜の間に心筋梗塞が起きたと思ったらいいわ。そうすると、『ぼくはリュウイチで、今日は一九八〇年九月三日だ』っていう内容の意識現象は、どこにも存在しないことになるわね。逆にいえば、ドラマの続きがないっていうことが死ぬということの意味なのよ。死とは、それ以上でもそれ以下でもないわ」

まあ、医者なら別の定義をするだろうけど、そういう定義は、物理的世界を前提にした「お話」だから、この際、無視することにしよう。

「でも、リュウが九月二日を経験し終わって、リュウのドラマの続きがどこにもないとすれば、その『後』のリュウは一体どうなるかしら？　意識現象は互いに無関係で、特定の結びつきがないとすると」

「そうか。ぼくのドラマの続きがなくても、他の意識現象はいくらでも経験できるんだ。そこでは、九月一日のリュウイチが九月一日のリュウイチを生きてるし、九月四日のマヤが九月四日のマヤを生きてる。ソクラテスはソクラテスの生を生きてるし、犬のノラも犬のノラの生を生きてるんだ」

「そうなのよ。死んだリュウは、それらのすべてになって、各々の生を何事もなかったかのように経験してるっていうことよ。だから、完全な終わりという意味での死は、実際には考える必要がないのよ」

「でもさあ、死んだ後は何もなくなって無に帰するって、普通は考えない？」

「無はありえないわ」

マヤはそっけなくいった。

「意識現象もなく、物理現象もなく、もちろん時間も空間も何もない完全な無っていうのは、そういう状態がそもそもないっていうことと同じじゃない。眠った瞬間の後に無があって、その後で目が覚めたとすると、その人自身にとっては、眠った瞬間の次が起きた瞬間でしょ。もちろん、『無』とか『空集合』とか、無を指示する記号はあるけど、記号は無そのものじゃないわ。だから、無に帰するっていうことは、考えなくてもいいのよ。世界にはいろんな意識現象があるわけだから、自分の死の『後』でも、いくらでも、そうした現象を経験することができるはずだわ」

あっけない結論だったが、こうして、おれたちの間では「死」は抹殺された。

そして、おれは次第に、マヤのいう「輪廻転生」が分かってきたような気がした。現象相互間が完全に無関係で、特定のつながりを持たない以上、『私の人生』のドラマの続編は見当たらなくても、あらゆる現象は交互に生起して、尽きることがない。もちろん、どういう順序で生起するかを知ることはできないが、それは、分からないからではなくて、順序そのものが存在しないからだ。だから、意識現象が完全に消滅して無に帰するという意味での「死」は、考える余地もない。

これが、インドのサンサーラ（輪廻）説に近いことは、インド好きのおれにはよく分かった。しかし、ヒンドゥー教とは違い、転生してゆく主体となる「不滅の自己」は想定されていない。しかも、何か一つの人格に向けて転生するわけではなく、ありとあらゆる現象に向けて、転生は生じることになる。さらにいえば、「死んだ」時にだけ輪廻転生が起きるのでもない。一瞬一瞬がすべて独立の現象であり、一つ一つの瞬間が終わるたびごとに、「私」は、世界のあらゆる現象に向けて転生してゆくことになる。めくるめく万華鏡のような夢幻の世界。それはまるで蜃気楼のように、妖しくつかみどころのない不思議なヴィジョンだとおれは思った。

6

「いよいよ大詰めのステップだわ」

マヤは、そういって、スケッチブックの次のページに、また新しい実例を書き込んだ。

意識現象Ｃ１〈私はマヤで、今は一時一分。直前までの記憶はあるけど今後のことは分からない〉
意識現象Ｃ２〈私はマヤで、今は一時二分。直前までの記憶はあるけど今後のことは分からない〉
意識現象Ｃ３〈私はマヤで、今は一時三分。直前までの記憶はあるけど今後のことは分からない〉
意識現象Ｃ４〈ぼくはリュウイチで、今は一時三分。直前までの記憶はあるけど今後のことは分からない〉

「Ｃ1、Ｃ2、Ｃ3、Ｃ4がどんな順序で生じていても、マヤである『私』が、一時一分から一時三分までの時間の流れを経験したことは確かだわ。もちろん、順序そのものが本当はない場合でも、同じことよ」

「そうだね」

「意識現象の中に過去の記憶というイメージがあって、しかもそれが、今の最初の三つのように、きちんと意味的につながってる場合には、意識現象は、一人の人物の連続したドラマとして経験されるのよ。こういうヴァーチャルな時間の流れを、何て呼んだらいいかしら」

「仮想時間」

おれはとっさに命名した。

「仮想時間。そうね。そうしましょう。ただ、一瞬の意識現象はとても短い瞬間だから、中に含まれる記憶の量も微量でしかないはずだわ。そうした微量の記憶からショート・スパンの仮想時間がまず起ち上がる。次に、その仮想時間の全体が、より大容量の一つの記憶となって、さらにロング・スパンの仮想時間を生み出してゆく。そんな感じで、どんどん人生の内容がふくれあがっていくと考えていいわね」

「意識現象以外の物理現象には、おそらく、『記憶』というタイプのイメージは含まれないから、物理的世界には仮想時間は流れないと思うな」

おれも、思いつきで付け加えた。

「C1、C2、C3が順序よくつながって流れるように体験されても、もちろん、実際に意識現象がそうして並んでるわけじゃないわ。この世のすべての現象には、つながりも相互関係も何もないわけだから。だから、そうした仮想体験は、ただ、意識現象の『内容』が連続しているという事実の結果として、仮に経験されるだけなのよ」

「でも、そうした連続した内容の意識現象が、本当にあるのかどうかも分からないよね。今ここの自分の意識現象以外は、いくらでも疑うことができるわけだから。たとえば、連続した内容の意識現象がなくて、仮想時間が生じていなくても、今ここの瞬間の中で『時間は流れている』と思い込んじゃう可能性だってある。そうすると、その瞬間の中では、仮想時間を経験してきた場合と区別がつかなくなるはずだ」

「そうね。連続した内容の意識現象が本当にあれば、まさに仮想時間が経験されたわけだし、それがなければ仮想時間は経験されなかったわけだけど、『今ここ』で立ちどまって実際はどっちだったのかをふりかえってみても、絶対に見分けはつかないわ」

考えてみれば、不思議なことだとおれは思った。

おれはさらに、仮想時間のあり方について、想像をめぐらしてみた。意識現象の内容が意味的に連続していることで、仮想時間の流れが生まれるわけだが、当然、意識の内容次第で、発生する仮想時間には、明晰さや一貫性や奥深さなどに違いが出てくるはずだ。遠い過去（あるいは未来）まで明確に見通し、長期にわたって首尾一貫した仮想時間は、比較的筋の通った合理的世界を生み出すに違いない。それに対して、夢の中とか、ある種の精神病者の意識は、たとえ仮想時間の流れを生み出すにしても、混沌としたショート・ストーリーを発生させるに過ぎない。

また、一本のストーリーが途中で薄れたり途切れたりすることもあるだろうし、ＳＦ的な妄想としては、（Ａの内容に続くべきものが、ＢでもＣでも構わないというように）ドラマが枝分かれすることもありうると思う。逆に、ＡとＢの両方がＣにつながるような、ストーリーが合流するケースも出てくるかも知れない。

眠ればドラマは途切れるけど、起きた時に、意識が寝る前と意味上つながっていれば、同じ人生の連続だということになる。死ねば完全に途切れるが、別の意識現象において、死ぬ前と意味上つながった内容（たとえば、生前のことをよく覚えているというような）があれば、仮想時間としては連続していることになり、生まれ変わりとか復活ということになるだろう。そういうことがありうるかどうかは何ともいえないが、もともと一瞬一瞬の意識現象は無関係で、不連続であり、仮想時間の流れといっても、あくまで「仮想」でしかないわけだから、長いドラマとして一本につながっても、つながらなくても、所詮は程度の問題だということになる。

「仮想時間が成立してるかどうかは本当は分からないけど、私たちは、自分自身が『私の人生』という仮想のドラマに閉じこめられてると堅く信じてるわ」とマヤはいった。

「意識現象が互いに無関係で、そうしたドラマが『仮想』であることを哲学的に証明しても、それによって日常の人生から現実に逃げ出せるわけじゃないことは確かね」

「そうだね。ぼくはおそらく明日もあさってもリュウイチだろうし、他の人に変身できるとは思えない。仮想時間は鉄の牢獄のように確信されてるわけだ」

「でも、私の人生という仮想時間の牢獄が、決定的に破綻する時があるわ。それが死の時よ。輪廻転生も一瞬ごとに生じてるはずだけど、それが必ず、臨終の時にだけ起きると錯覚されるのも、おそらくそのためだと思うわ」

7

マヤは、「輪廻転生の証明」が、まさに完了しつつあることを自覚したようだった。彼女は、おれのスケッチブックのまとめのメモに、新しい項目をいくつか書き加えた。

1　意識現象はある。
2　意識現象は、変化も持続も含まない単一の瞬間の連なりだ。
3　意識現象は、空間的にも単一不可分だ。
4　今ここの意識現象以外の現象は、その存在も内容も断定できない。しかし、もし存在するならば、意識現象同様、単一の内容を持っている。
5　現象と現象の間に因果的なつながりはない。
6　一瞬一瞬の現象の間には、順序も位置もなく、どんな関係もない。すべての現象は交互に生じて尽きることがない。
7　いくつかの意識現象の間に、記憶イメージを含む意味的なつながりがあれば、「仮想時間」と呼ぶべき出来事の流れを私たちは経験する。

最初は「簡単な理屈」だといってたが、やはり出来上がってみると、マヤにも達成感がこみ上げてくるようだった。彼女は、まとめのメモをじっと見つめて、何度もそれを読み返していた。

それから、彼女は、スケッチブックを閉じて砂浜に放り出すと、おれの顔のまん中にいきなり猛烈な口づけをした。そして、日がかげりはじめた夏の終わりの海に一人で飛び込んで、誰もいない海の中を、沖へ沖へと泳ぎはじめた。

Our Nirvana

第五章　秋の思い

1

九月の最後の連休に、おれはまた、潮騒の家を訪れた。澄みきった空のもとで見る海の美しさは八月と変わらず、その気になれば泳ぐこともできた。しかし、季節の変化は人の心にもけじめを与え、秋の海を、ただ眺めるだけの対象にしていた。

今回の滞在は、金曜の夜に、おれとマヤが別々に別荘に来て、土・日をいっしょに過ごす予定だった。日曜の夜には、おれはここから一人で出発し、東北行きの夜行列車に乗って芸大の友人たちとの短期旅行に合流するつもりだった。マヤも、月曜の昼間に大学のクラスメートと会食の予定があるので、それまでには東京にもどるつもりでいた。

しかし、マヤは、にわかに体調をこわし、日曜の午前中に引き上げていった。おれは、東北旅行を延期して東京まで送って行こうと思ったが、先に東北に向かっている友人たちと連絡がとれず、結局、自分の予定は変えられなかった。

そういうわけで、日曜日の午後を、おれは、潮騒の家で、秋の海を眺めながら一人で過ごすことになった。

おれは、一人で砂浜に椅子を出し、さえぎるもののない海原をぼんやりと見つめた。遊び暮らしたヴァカンスが終わって、自分とマヤの関係がはっきり変化していることを、おれは自覚していた。

かつてのマヤは、自分からおれの前に姿を現し、哲学論議をふっかけ、出会って三日目には、おれを潮騒の家に呼び寄せていた。まるで、昆虫のメスが、妖しいフェロモンでオスをどんどん引き寄せているようだった。

しかし、今は違っていた。今はおれのほうが、明らかに主体的にマヤを求めていた。


だが、マヤに対するおれの思いが強くなるのと入れ違いに、マヤの方は、以前よりもの静かな態度を見せることが多くなった。秋になってから、会うのはまだ二度目だし、表情も、話す内容も、今までと変わりはなかったが、彼女の透き通ったグレーの大きな目には、憂いを含んだ静かな光が、時折やどるのが見えた。少なくとも、夏の時のように、いきなり抱きついたり、ふざけ合ったりするような雰囲気は少しずつ影をひそめた。

体調不良は、夏の遊び疲れのせいだと、おれはなるべく軽く考えようとした。それに、精神的にもマヤは急速に成長しようとしているに違いない。

不安ととまどいを抑えながら、繰り返し打ち寄せる波を眺めて、おれは、いつまでももの思いにふけった。

2

前日の土曜日は、おれとマヤが久しぶりでいっしょに過ごした一日だった。マヤは、見たところ元気そうだったし、その日は、夏と同じように、明るく無邪気にいろんな話をした。マヤは、初めて会った時のようなぴったりしたジーンズの上下で、二人とも砂浜の上で砂まみれになりながら、並んで寝そべったり、砂に埋め合ったりした。


「輪廻転生について、まだ考えてる?」とおれはきいた。

「証明が終わって、私と会う口実がなくなったから悲しんでるんでしょ?」

「一年かかるっていってたけど、半年で終わっちゃったからね。でも、輪廻転生の証明が最初はデートの口実だったたって、始めから気づいてた?」

「当たり前よ。でも、私は、あれからまた、いろいろ考えたわ」

そういって彼女は、砂の上に寝そべったままおれの方を向いた。

「今ここの私の意識現象以外は夢かも知れないのよ。リュウもこの海も夏の思い出も」

「さめたくない夢だな。でも、ばかげた疑問だよ」

「ばかげてるから面白いのよ。いろいろ考えるきっかけになるわ。たとえば、今ここで私が見たり聞いたりしている内容を一まとめにして現象Aとするでしょ。それで、全世界は現象Aだけだと仮定するのよ。そこから、どんなことが分かると思う？」

「何も分からないけど」

「そうかしら。全世界が現象Aだけだとしても、少なくとも四つの条件が加わるわ」

マヤは、砂の上に指で四本の線を引いた。

「一つ目は、どんな現象も、意識現象とか物理現象みたいに、必ずどこかで現れていなければならないってこと。当然だわ。影も形もない、どこにも現れないようなものは、現象とはいえないもの」

「なるほど」

「二つ目は、一つの現象は単一の瞬間からなっていて、『変化』も『持続』もその中には含まれないっていうことね」

「以前、確認したやつだね」

「それから三つ目は、一つの現象の『今ここでの現れ』は、一度きりでしかないということ。全く同じ内容の経験が、別々に二度起きることはあっても、『今ここ』での体験自体は、必ずこれ一つしかないわ」

「確かに」

「だから現象Aは、現に現れるけれども、変化も持続も含まない一瞬の現象で、しかも、『今ここの現れ』としては一度限りなのよ。つまり、現象Aは、文字通りあっという間の、ものすごく限られた現れ方をしてるといえるわね」

「それで、四番目の条件っていうのは？」

「無はありえない。だから、何かがなければならない」

「ということは、世界は終わってしまっちゃいけないわけだ。常に必ず何かが存在していなければならない？」

「そうよ。ところが、ただ一つ存在している現象Aは、一瞬しか続かず、しかも、『今ここの現れ』としては一度しか現れない。これが、四番目の条件と両立するためには、一体何が必要かしら？」

　おれは、しばらく考えた。

「そうか。分かったぞ。同じAが無限回現れないといけないんだ」

「そうなのよ。だから、全世界が現象Aしかないっていうことは、種類に関してはA一つだけど、現れに関しては、それが、無限回現れてるっていうことなのよ。もちろん、どのAが先でどのAが後かを、決めることは絶対できないわ」

「その次は、全世界が現象Aしかないという条件を取り払う番ね」とマヤは続けた。「とりあえず、世界には現象Aと現象Bの二種類があると仮定して、無限に起きてるAAAAの中にBを混ぜてゆくと考えてみて。もちろん、一つ一つの現象の現れは、さっき確かめたように、どれも一瞬で、しかも、『今ここの現れ』としては一回きりよ」

「オーケー」

「そうすると、その場合、現象Bは、一つだけでいいかしら？」

「無限に続くAの中に、Bが一つだけ混じってる。何か都合が悪いかな？」

「『今ここの現れ』としては一回しかない現象が、全部で一つだけあるとすると、それはすぐに終わっちゃうじゃない。二つでも三つでも同じことで、要するに、有限個の現象Bはいつかは終わっちゃうのよ。でも、Aの方は、いつまでも現れ続けるから、Bは終わったのにAだけまだ続いてるっていう状態が、いずれ必ず起きることになるわ。そうなったら、AとBとの間には一定の先後関係があることになるけど、それは、すべての現象が互いに無関係だっていう、この前の結論と矛盾するじゃない」

「ということは、Bもやっぱり無限回現れないといけないわけか？」

「そうよ。だから、現象の種類でいえば、世界はAだけかも知れないし、AとBの二種類だけかも知れないし、無限の種類があるかも知れない。でも、どの現象も、必ず無限回現れて、しかも、互いに順序を持たないのよ。それが、この世界の究極の姿なんだわ」

最初は輪廻転生の証明のはずだったが、いつの間にかマヤは、それをはるかに超えるような不思議な世界を作り上げていた。

「Aはいつまでも無限に現れ続けるのに、その一方でBやCにもなり、それがまた、いつの間にかAにもどってる。そんな、あるともないともいえないような不思議な幻として、Aは無限にあり続けるのよ。まるで蜃気楼みたいな、すごいイリュージョンじゃない。こんな世界のことを、どう呼んだらいいのかしら」

「空」

インド好きのおれは、とっさに答えた。

「サンスクリット語で、シューニャターだ。あらゆるものが永遠に続いていながら、同時に他のものでもあり、そういう意味で、まさしく幻のような『実体のない世界』のことだよ」

3

「でも、最初から一つ疑問があるんだけど」と、おれは、話題を変えた。

「空の哲学も輪廻転生の証明も、この世界が蜃気楼のような幻想に過ぎないことを証明してるし、時間の流れは『仮想時間』に過ぎず、それすら、本当にあるのかどうかは確信できないって教えてるじゃない」

「そうね」

「だとすると、そう考えるぼくらの意識自体も、頼りにならない幻想だってことにならないかな。自分自身の足元を掘り崩してるように思えるんだけど」

「でも、『世界が空だから、それを主張する論理も当てにならない』って思う人は、世界が空であることをすでに認めちゃってるわ」

「それもそうだね。でも、まだ半信半疑だな」

「それじゃあ、私たちの意識が当てになるかならないか、世界が空であるかないかを組み合わせて、四つの可能性を考えてみましょう。仮定1は、私たちの意識は当てになり、かつ、世界は空である。仮定2は、私たちの意識は当てになり、かつ、世界は空でない。仮定3は、私たちの意識は当てにならず、かつ、世界は空である。仮定4は、私たちの意識は当てにならず、かつ、世界は空でない」

「可能性は四つだね」

「そうよ。まず、私たちはこれまで一生懸命考えてきて、世界が空だという結論になったわ。だから、私たちの意識が当てになるなら、世界は絶対空なのよ。そう考えると、仮定2はボツだわ。

でも、世界が本当に空なら、リュウのいうように、私たちの意識も疑いうるものになるから、仮定1もボツよ。仮定3は一応オーケーね。問題は仮定4だけど、世界が空以外の未知の構造をもっていて、同時に、私たちの意識も当てにならないという可能性は確かに捨てきれないわ。でも、世界が空であることを疑うことはできても、それがどういう構造なのかは、何も分からないままじゃない。だから、4の可能性は確かに残るけど、単なる可能性だけで具体的なイメージにはつながらないわ。そう考えると、選ぶべき仮定は、やっぱり3しか残らないのよ」

「なるほど、でも、そう考えてるマヤの意識自体も疑えるものかも知れないよ」

「そうね。確かにそうね。でも、そこまでつきつめると、私ももう限界。どんなことでも、本気で疑いだすと、ほんとにいつまでもきりがないし」

そういって、マヤはにっこりと笑った。

「少し疲れたわ。久しぶりにリュウと会って、しゃべりすぎたかしら。しばらく休ませて下さる?」

おれが砂浜に仰向けに寝て、マヤも、おれの胸に頭をのせて横になった。

「疲れやすくなったのかしら。きっと年のせいだわ。でも、こうしていっしょにいると、本当に気持ちがいい」

マヤは、しばらく静かにしていたかと思うと、すぐに眠ってしまった。その時にはもう体調をくずしていたのかも知れない。しかし、寝息をたててぐっすり眠っている表情はとても幸せそうで、心から安心して休んでいるようにおれには見えた。

4

「世界は空なのか」

おれはたった一人で、誰もいない夕暮れの海に向かってつぶやいた。最初は、デートの口実で輪廻転生にかかわっただけだけど、ついに、この世界が空であることまで解明することになってしまった。

おれはポケットから手帳を取り出して、今朝から書き続けているページをもう一度開いた。そのページには、何度も推敲して書き込みだらけになった詩の文章が記されていた。それは古代インドの経典の一節で、昨日のマヤの話に影響されて、インド・マニアのおれが自分なりに意訳しようとしたものだ。もちろん、原文は理解できないが、漢訳と英語訳はとっくに頭に入っていて、後は訳すだけだった。大変有名な経典だから、世界中の学者や宗教家が思い思いに意訳しており、最近、海外で評判の、かなりいかがわしいインド人の宗教家も自己流に解釈していた。

思いを凝らしてこの世界をみきわめ
知がきわまり、虚妄の奥がついに開かれるとき
聖なる求道者は見抜いた。
この世界が形ある存在のままで
同時に、どこまでも空虚な幻であったということを。
そのとき、よろこびも憂いも、もはや実在であることをやめていた。
求道者たちよ
去来するすべての現象は、不生不滅の永遠の幻想なのだ。
不生不滅の永遠の幻想として、すべては存在しているのだ。
物も心も、何もかもがすべてその中にある。
求道者たちよ
すべての存在するものは永遠の幻想であって
新たに生じることもなく消え去ることもない。
形ある存在でありながらどこまでも空虚であり、増えることも減ることもない。
このゆえに、夢幻の世界にあっては
物はそこにありながら、どこにもない。

感覚も、知覚も、衝動も、認識も、そこにありながらどこにもない。

視覚も、聴覚も、嗅覚も、味覚も、触覚もなく
見えるものも、聞こえるものも、味わうものも、香るものも、触れるものもない。

世界もなく、意識もない。

無知の闇もなく、無知の闇がなくなることもない。

老死もなく、老死が尽きてなくなることもない。

解脱への道のりもなく、知るものも得るものもない。

実在として執着すべきものが何もないと気づくとき
虚妄を超えた知があらわになり、心にとらわれもなく、恐れもなくなるだろう。

虚妄を遠く離れた知によって真相を達観し、求道者は夢幻の世界に自らを憩わせる。

そして、限りない知にいだかれて
目覚めた者たちの憂いを超えた世界の中で、すべての求道者は無上の悟りを成就するのだ。

(フリダヤ・スートラ)


しかし、美術家としてのおれは、こうした世界をどう表現したらいいのだろうか。相互に関係を持たない現象の連なりも、永遠でありながら無常であるような空の世界も、直接イメージ化す

ることは絶対不可能だ。マヤにとっては「簡単な理屈」ですまされるかも知れないが、美術家にとって、それは、ものすごく困難な課題としてつきつけられている。

しかし、見る者のイマジネーションを自由に喚起することができれば、見えないものを直観させることも、あるいは可能かも知れないと、おれは思った。

今ここの瞬間が、変化も持続も含まない一瞬のきらめきであり、他の現象に即座に変化する運命にあることは、「無常」といっていい。無常を実感するということは、「Aであったはずのものが、今はAではない」というときの感慨そのものといえるだろう。その意味では、昔の僧侶が、四季折々の移り変わりを見て無常を悟ったというのも、あながちナンセンスではないし、「幽玄」という中世の美意識だって、あるべきものが、いつしか姿を隠し、それによって、かえって、幻想の美へと昇華してゆくことを表していると思う。ただ、事物の変化を直線的な時間の流れで理解してしまうと、無常の神秘も色あせてしまうだろう。「今」が、無限に繰り返す「今」の中の一つであり、しかも、どの「今」かを特定することさえできないことが、世界の神秘だからだ。

四季の推移や文学作品のストーリーを通じて無常を実感することは可能だが、そのためには、直線的な時間軸を意識の中で解体する作業が必要だ。中世の仮面劇である「複式夢幻能」の演出は、そうした工夫の一つであり、季節の場合も、四季折々が限りなく循環することによって、直線的な時間軸を解体させているといえるのかも知れない。

ニーチェの「永劫回帰」に強い関心を持っていた九鬼周造という哲学者は、絵画にせよ物語にせよ詩の韻律にせよ、反復をモチーフにすることによって、無限に繰り返す無常の世界を表現できると主張した。日本画では、深い森の木や草原の草、大海原の波が、全体の遠近法的枠組みを排除して、ただひたすら無限の反復として表現される。そこでは、空間的な無限がそのまま時間的な無限へと、意識の中で転移される。風景のような静止した対象を見て、「今」が同時に無限の「今」の反復に他ならないと感じる時、おれたちはすでに、空の世界を直観しているといえるのではないか。

そう考えると、美術家の課題は困難だが、途方もなく面白い課題だと思えてくる。おれはおれの庭を耕さなければならないだろう。おれはそうした遠い道のりを自覚するとともに、この世界の神秘をダイレクトに表現するものは、アートでしかありえないことを改めて確信していた。

Our Nirvana

第六章　雪見のバー

1

秋が深まるにつれて、おれは、おれとマヤのこれからのことを思い、鬱々と感傷にふけることが多くなった。

目が覚めればすべては夢だったとか、便箋一枚に書き置きを残して、彼女が永久にいなくなるとか、そんな他愛もない空想がおれを不安にした。かぐや姫は月に帰る。果たして、終わりのない恋なんてありうるのだろうか。

マヤの、美少女風の母親とも、もう一度だけ会うことがあった。マヤが、先天的な発達障碍を負っていて、それは、一部の精神科医が「アスペルガー・タイプ」と呼ぶ特殊なものであることを母親は打ち明けた。意表をつくような天真爛漫な愛情表現とか、年齢とかけはなれた異常な思考力のことを、医者はそう呼んでいるのかも知れない。だが、告げられた病名が、おれに深刻なインパクトを与えることもなく、おれには単に、余計なお世話としか思えなかった。


しかし、運命は、おれが思っていたよりも慈悲深かった。なぜなら、その年の冬、おれとマヤは、あの潮騒の家で、まるで夫婦のような濃密な時間を思う存分共有することができたからだ。

2

その夜も、海に面した窓の外では雪が降り続いていた。暖められたサロンの中から、照明を落としてながめていると、雪の飛沫は白く光って、まるで蛍の乱舞のように見えた。おれとマヤは、飲み物やスナック菓子を一面に並べた長机の手前にすわり、夜の雪景色を心ゆくまで楽しんだ。

おれは、ジーンズに普段着のままだったが、マヤは、かかとまである黒いロング・スカートをまとって、どことなく大人びた雰囲気がいつも以上に幸福そうに見えた。冬の海に旅の男。そして、酒場の女将。それは、まさに演歌の世界のようだった。

「こんなきれいな雪は初めてだわ」

マヤは、長机の上にひじをついて、身を乗り出しながらいった。

「私は寒がりだから、雪の季節は、いつもは苦手なのに」

「酒が入ればもっとあったまるよ」と、おれはいった。

「そうね。でも最近、アルコールはひかえてるの。リュウといっしょにいられるだけで十分あったかいわ」

そういいながらマヤは、無意識のうちにコップにスコッチをついでおれに渡し、自分もいっしょに飲んだ。

「生まれ変わっても、こうしていっしょにいたいわね」

マヤの透き通ったグレーの大きな目が、うるんだ光を宿しておれを見上げた。


おれとマヤは、もう一度、窓の外の光の乱舞を見つめた。

「輪廻転生について話し合えたのは、いい思い出だったな」

おれは、過ぎ去った記憶をたどるように、しみじみと感慨にひたった。

「リュウといっしょにいたおかげで、不思議な霊感がはたらいたのかしら」

「とにかく、証明は出来上がったんだから、あれで完璧だよ」

「でも、あれはまだ話の半分なのよ。後半はこれから考えなくちゃ」

「え、これから?」

おれは、またしても意表をつかれた。

「だって、私たちは、いろんな常識を疑って、壊してきたじゃない。物質とか、因果関係とか、時間の流れとか、個人の連続性とか。あのままにしておいたら、普通の社会生活にはもどれないわ」

確かに、おれたちは二十四時間「哲学者」でいられるわけはないし、もしそれが可能なら、最後は、二人そろって精神病棟に隔離されるかも知れない。おれは、精神病棟で死んだニーチェやカントールの例を思い浮かべながら、マヤと二人だけで隔離される状況を想像した。

「何事も、行きと帰りの両方の道が必要なのよ。日常的な見方を壊して、本当の世界はどうなのかを考えることが、行きの道のりだわ。それに対して、本当の世界を前提にして、日常の見方を組み立て直すことが、帰りの道のりよ」

「それって、結局、常識にもどるわけ？」

「本当にもどるわけじゃないわ。ただ、私たちの日常的な見方がどういうもので、どうやって成り立つのかをはっきりさせたいだけよ」

なるほど、真理そのものを直接追求するわけじゃないなら気が楽だと、おれは思った。

「日常的な世界は、本当の世界に比べれば『仮の世界』といっていいわね。それは、たくさんの仮定の上になりたってる仮想の世界なのよ。もちろん、そうした仮定の中には、本当にそうなのかは分からないけど、そうであってもおかしくないような仮定もあるし、実際にはありえない仮定もあるわ」

「だから、本当の世界じゃなくて『仮の世界』なわけか」

「そうよ。常識の世界にたどりつくまでに、いくつ仮定が必要かを数えてみるのもいいわね。そこまでやれば、私たちは二つの世界を自由に行き来できるようになるわ」

そういってマヤは、おつまみのピーナッツの袋を開けた。

3

「最初のステップは、スタートラインとしての『本当の世界』を確定することよ。私たちは、瞬間ごとに輪廻転生する空の世界を考えたでしょ。でも、それが『本当の世界』だとしても、絶対正しいという保証はないから、疑うことも一応可能だわ」

「ただし、いくら疑っても、別の世界観が具体的にでてくるわけじゃない。だから、空の世界を否定することにもならないっていう話だったね」

「そうよ。だから、とりあえず疑いを払拭して、空の世界を絶対正しいと仮定することが第一のステップだわ。それが仮定1なのよ」

　マヤは、そういって最初のピーナッツを長机に置いた。

「世界が空だとすると、私たちの意識も、仮想時間の流れとして成り立ってることになるわ。ただし、本当に仮想時間が成り立ってるかどうかは、これも不可知だったわね」

「今この瞬間の意識しか、本当は実在しないのかも知れないからね。でも、こうして議論してる以上、ぼくらの思考がきちんと成り立ってることは、暗黙の前提だよ」

「そうね。だから、仮想時間の流れが間違いなく生じていることを、ここで仮定しないといけないわ。それが仮定2よ。それから、きちんとした意識の流れが一応あっても、考え違いをする可能性は残るから、そうした間違いがないってことも仮定しないといけないわ。これが仮定3よ」

マヤは、二つのピーナッツを並べた。

「二ついるわけだ」

「数学とか論理学では、まともな意識があれば人間は絶対間違えないことになってるわ。あらゆる数学のテストは、満点しかありえないのよ」

「そんなはずないってことは誰にでも分かるのにね。まあ、とにかく、仮定2と仮定3の両方が必要なんだ」

「2と3のおかげで、私たちは完全な思考力を持った賢者になったわ。世界が空であるっていう最初の主張の正しさも、そう言い張ってる私たち自身が賢者であることが前提なのよ」

「後からくっつけた仮定が、最初の前提を正当化するわけだ」

4

「次は、いよいよ賢者である私たちが、『日常の世界』を分析する段階だわ。日常的世界は、私たちの意識の中を去来する意識現象の世界。しかも、その世界には、いつも整然とした時間が途切れることなく流れてるわ」

「つまり、ぼくらの意識が仮想時間の流れを作ってるように、日常的世界も、仮想時間の流れの中で生々発展してるってことか。ここで仮定2が再登場するわけだ」

おれはピーナッツをもう一つ置こうかと思ったが、途中でなくなると困るからやめた。

「そうね。しかも、その中には他にもいろんな仮定が埋め込まれてるわ。それを順番に確認していくことが日常的世界の復元のステップなのよ」


「たとえば、見えたり触れたりするものは空間の中にあると見なされてるよね。だとすると、空間って一体何だろう?」と、おれはいった。

「これがなかなか難しいのよ。実際に経験されるのは意識現象だけだから、それを前提にして、影も形もない『空間』を説明するっていうのは頭の痛い問題だわ。とりあえず、三つのものを考えてみて。一つは、『遠くに山が見える』とか『手を前に伸ばす』というような、奥行きを伴った意識現象よ。こういうのを何て呼んだらいいかしら」

「たとえば、『空間内知覚』とか」

「空間内知覚。そうね、それがいいわ。二つ目は、遠くの山は近づけばもっと近くに見えるだろうっていうような、想像された空間内知覚。二つ目は、実際には体験できない場所も含めたあとあらゆる場所から、世界中のぁらゆるモノを眺めた場合の空間内知覚。一つ目は実際にある意識現象だけど、二つ目と三つ目は想像上の意識現象よ」

「三つ目のやつは、相当苦しいんじゃないかなぁ。富士山のてっぺんの位置から見た東京タワーの土台の石とかいっても、多分、手前のビルがじゃまになって見えないよ」

「そうよね。透視術でもないとムリね。でも、一面にひろがる空間を、意識現象だけで定義しようと思ったら、そういう言い方になっちゃうのよ。だから、空間という枠組みを日常のイメージ通りに成り立たせるための条件は、今いった三種類の意識現象が、単なる想像じゃなくて全部本当に実在し、しかも、内容的にも矛盾がないということなのよ」

「絶対ムリな仮定だと思うな」

「しかも、それだけじゃないわ。富士山のてっぺんの位置から見える東京タワーの土台石も、国会議事堂の屋根の位置から見える東京タワーの土台石も、たとえ見え方は違っても、物そのものとしては同じだと断定できないとダメだわ」

「見えるものはしょせん意識現象だし、『物そのもの』と意識現象とを結ぶ因果関係は実在しないと考えると、これも苦しい仮定だよね」

「両方ひっくるめて、空間を成り立たせるための仮定4としておきましょう。でも、それは、リユウのいうように、実際にはありえない仮定なのよ」

おれは、わざと皮のついたピーナッツを、さっきのやつの隣に並べた。

「それじゃあ、次に、時間の方はどうだろう。日常的世界は、時間という枠組みの中にあるように思われてるけど」

「こっちも、相当苦しくなるのは想像がつくじゃない。また、三つのものを考えてみて。一つは、今ここの意識の中で、『昨日雪が降った』ことを思い出すような、先後感覚を伴った意識現象よ。時間内意識といっていいわ。二つ目は、明日になれば、『昨日は晴れていた』って思い出すだろうというような、今以外の時刻での想像上の時間内意識。三つ目は、実際には体験できない時刻も含めたありとあらゆる時刻から、世界中のありとあらゆる出来事を、先後感覚を伴いながら認識した場合の時間内意識。もちろん、二つ目と三つ目は想像上の時間内意識だわ」

「百年後の時点で、一九八〇年十二月三十一日は雪だったたって思い出すわけだ」

「時間という枠組みが、日常的なイメージ通りに成り立つための条件は、三種類の意識現象がすべて実在し、しかも、内容的にも矛盾がないことよ。それと、もう一つは、『昨日、雪が降っていた』という時の過去形の雪と、『今日、雪が降っている』という時の現在形の雪と、『明日、雪が降るだろう』っていう時の未来形の雪とが、完全に同じモノでありうること。両方ひっくるめて、仮定5にしておきましょう」

「これもやっぱりムリな仮定だと思うな」

おれは、もう一つ皮つきのピーナッツを並べた。


「次は、法則と因果関係を現象世界に導入する番よ。実際、仮想時間の流れの中の、いろんな出来事には一定の決まった性質があるわ。それに、複数の出来事の間には、『Aの後には必ずBが起きる』っていうような反復的な関係もあるはずよ。こうした特徴を、単なる過去の事実じゃなくて、将来も必ず繰り返される『法則』だと仮定することが一つ。その場合の出来事Aと出来事Bを『原因』・『結果』として解釈することが一つ。この二つをひっくるめて、仮定6としておきましょう。仮定6を導入することで、世界には法則と因果関係が備わることになるわね」

「これは、経験そのものとしてはありうる仮定だよね。Aの後にBが続くことが、この世の終わりまで現実に繰り返されてもおかしくないし、AとBを『原因』・『結果』と見なすことも、意識の上での解釈としてなら何もおかしくない」

おれは、六つ目のピーナッツを机の上に置いた。

「これで、空間、時間、法則、因果関係といった枠組みが備わって、現象世界はかなり具体的になってきたわね。これだけでも、こっちから見たモノとあっちから見たモノとが同じモノだとか、モノが時間の流れの中で持続的に存在してるっていう感覚が、かなりはっきりしてくると思うわ」

「次は、意識現象の中に現れるある種のモノに対して、自分と同じ意識現象が宿ってるって仮定すること。これを仮定7とすると、仮定7によって、『他者』のいる世界が成り立つことになるわ。『私が正面にいる人を見る時に、正面にいる人も私を見ている』っていうような対応関係が成立したり、他者にも持続する意識があって、互いに意味のあるコミュニケーションが可能になったりすることも、仮定7に含めていいかも知れないわ」

「それが結果的に、他者に対する感情移入にもつながるわけだ」

おれは、ためらわず七つ目のピーナッツを置いた。

「意識のある他者が成立すると、それとの対比で、意識のない『物』が区別されるわ。それはつまり、外面的な色や手触りでしか捉えられない物質っていうことよ。ここまで来ると、物質的な身体と意識現象とがセットになって、延々と持続的に存在する『人間』が成立することになるわね」

「それから、私たちは普通、自分の行動に自由があると思ってるから、日常的世界には自由もないとダメだわ」

「でも、すべての出来事は運命的に起きてるんじゃなかった？　未来が自然法則で予測できるにせよできないにせよ」

「もちろんそうよ。だから、自由というのは、『私は今、自由なんだ』って感じる時の感覚のことなのよ。そういう意識現象は、多かれ少なかれ普通にあるものだから、特別な仮定とはいえないわ。問題は、そういう自由の感覚がどういう場合に生まれやすいかってことよ。まず考えられる条件は、何かをやろうとする意志が、意識の中でたまたま生じていること。二番目に、それに伴って、意志通りの行動ができていること。三番目に、複雑な行動の先にある最終的な目標も、とにかく達成できそうに思えること。大体、こんなところが、私たちが自由を感じる最低条件だわ」

「それ以外にも、自分が自由だって実感できるための条件はいろいろあるよね」

「たとえば、どういうもの？」

おれは、しばらく考えてから、思いついたアイディアを語った。

「第一は、自分の意志が、環境からの単純な因果関係では予測できないことさ」

「そうね。夜になったから寝ようじゃ、自由意志とはいえないわね」

「第二は、その時々の快楽や苦痛にかかわりなく、一定の意志が持続していることだよ」

「確かに、苦しくてもがんばって努力し続ける方が自由意志らしいわ。最初のものを、生理現象や習慣に支配されないこと、二番目のものを、快楽や苦痛に屈しないことって考えれば、両方合わせて、自分が他者から強制されないことだっていえるわね」

「他にもあるよ。たとえば、目標と手段がはっきり自覚されていて、どちらも、実行可能な複数の選択肢から意図的に選択されていること。まあ、そんなところかな」

「日常的世界には、これ以外にもいろんな内容が含まれてるかも知れないわ。でも、とりあえず、ここで挙げたような仮定や条件がすべて事実として成り立ってると信じられた場合に、日常的世界は、この上なくリアルなものとして、立ち現れてるといえるのよ」

そういって、マヤは話をしめくくった。

「もちろん、仮定はあくまで仮定だよね。それに、現実にはありえない仮定も含まれてるから、日常的世界は、みんながそう思ってるだけの『仮想の世界』なんだ」

「それに、ここまで議論してきた順序も、日常的世界を組み立てるための説明の順序よ。子どもがこの通りの順序で世界を認識していくわけじゃないわ。特に、赤ちゃんの場合、お母さんとの間に最初から強い一体感があるはずだし、子どもでなくても、他人との人間的なかかわりこそ日常的世界の第一条件だという人は多いわ。でもそれは、発達心理学とか社会学の議論だから、ここでの議論とは意味が違うのよ」

マヤは、いつも以上に饒舌で楽しそうだった。それでいて、はしゃぎすぎることも思いつめることもなく、落ちついた口調で自然に言葉が出てくるようだった。ほろ酔い気分の夜の雰囲気と窓の外の雪の乱舞、そして、豊饒だった一年をしめくくろうとする感慨が、おれたちをさらにハイな気分にしていたのかも知れない。

5

「これで一応、日常的世界がどういうものかははっきりしたわね。でも、私たちにかかわりのある世界は、これだけじゃないわ」

「えっ、まだ他にあるの？」

「たとえば、日常的世界は、一部にムリな仮定や解釈を含んではいても、大体のところは誰かが実際に体験できる世界でしょ。でも、素粒子の世界とかビッグバンの1秒後の灼熱の宇宙とかは、絶対誰にも体験できない世界だわ。ということは、量子力学とか宇宙論で描かれてるものは日常的世界とは質の違う世界なのよ。こういうものを何て呼んだらいいかしら」

「科学的世界」

おれは、またしてもとっさに命名した。

「そうね、科学的世界。その通りだわ。科学的世界は、数式とか記号のような言葉で語られる世界よ。もちろん、冥王星の表面とか素粒子の粒とかを想像することはできるから、『想像された意識現象』とリンクしてはいるけど、それは本質的なことじゃないわ」

「まあ、冥王星の表面とか素粒子の粒を実際に見る人って、多分いないと思うな」、おれは口をはさんだ。

「冥王星の表面は、その気になれば見られるけど、今のところ誰も見ていない。素粒子とかビッグバンの1秒後の宇宙は、そもそも見ることが絶対にできない。結局、科学的世界で語られる内容は、現象としては、よく分からないものを多く含んでるわね」

「それじゃあ、科学的世界は現実の世界とは無関係ってこと？」

「現実の世界は、無数の意識現象と物理現象からできている不可知のXだわ。科学的世界っていうのは、それに対して貼りつけられた仮説のイラストなのよ。イラストの中の一つ一つの絵柄が、現実の世界の何に対応するかは誰にも分からないわ。ただし、現実の世界の一部は、今ここの私の意識現象として実際に体験されてるわけでしょ。そうした意識現象の現れ方を、科学的世界という仮説が予測したり説明したりできれば、とりあえず、その科学的世界は正しかったと見なされるのよ」

「でも、未来の経験を予測するって大変だよね。この宇宙は、ものすごく複雑だし」

「そうよね。もちろん、現実の世界自体が一定の秩序を持ってるわけだけど、そうした秩序を説明するための『科学的世界』は、言葉としては膨大な情報量になると思うわ」

「要するに、ぼくらが知ってる宇宙全体が、一つの巨大な説明モデルだってことか」


「日常的世界が、個人の身近なものから拡張されていって、その果てに、科学的世界が出来上がると思うの」と、マヤは続けた。

「だとすると、日常的世界が、どうやって拡張されるかが問題だよね」

「そうね。多分、二つのやり方があると思うわ。一つは、自分と同じような意識を持った他者がいることを前提にして、そうした大勢の人の目を通じて、世界を広げてゆくという方法よ」

「他者は実在する。さっきの七つ目の仮定だね」

「もう一つのやり方は、法則と因果関係が存在することを前提にして、それをさらに拡大することだわ。つまり、『より一層首尾一貫した予測可能な法則で捉えられた世界ほど、より一層真実である』という仮定を置くことよ」

「世界は法則のもとにある。さっきの六つ目の仮定を強化するわけだ」

「夢の中の世界と起きてる時の世界とは、どっちがよりリアルかを決めるのは、まさにこの仮定だわ。より厳密な法則を選んでいくことで、世界に対する科学的認識を、どんどん詳しくしてゆくこともできるし」

「一例をあげれば、こういうことかな。わが家の猫があくびをすると次の日は必ず雨が降る。猫が超能力で雨を予測してるとも考えられるし、気圧の変化に猫が反応してるとも考えられる。どっちの解釈も法則的因果関係には違いないけど、超能力説の方は、その場限りの法則に過ぎない。しかし、気圧変化説は、いたるところで応用できる一般性のある自然法則の組み合わせで成り立っている。だから、気圧変化説の方が正しい解釈といえる」

「そういうこと」

「でも、気圧変化説の方が正しいって絶対にいいきれるのかなあ」

「それはどうか分からないわね。世界には厳密な法則性があるっていう前提は、たまたま今までの経験には合ってるけど、それでも、具体的な科学理論が否定される例はいくらでもあるから、気圧変化説もあくまで一つの仮説に過ぎないわ」


「それから、『学校の先生は授業中はうそをつかない』とか『教科書や本に書いてあることは一応本当だ』っていうことは日常的世界の法則といっていいわね」とマヤは続けた。

「そういう法則を前提にして、私たちは勉強したり研究したりできるようになるし、最終的には、量子力学のような科学的世界の厳密な法則も発見されるのよ」

「日常的世界が科学的世界の土台になってるわけだ」

「その上で、出来上がった科学的世界が日常的世界を改めて正当化できれば理想的だわ」

「つまり、量子力学の法則を学校の先生の脳細胞に当てはめて、『先生は授業中はうそをつかない』っていう日常的世界の法則を証明するわけだね」

「そうよ。でも科学はまだそこまで進歩してないようね」


「とにかく、こうして科学的世界が出来上がってゆくと、いろんなことが科学で説明できるようになるわ。たとえば、私たちが合理的で正しい認識能力を持つことを、生物進化論で説明することも可能だわ」

「そういう認識能力を持たないようじゃ人類は生きてゆけないから、必然的にわれわれはそうした能力を持つようになるんだってこと？」

「そうよ。つまり、たくさんの仮定の上に立って日常的世界が成り立ち、それを前提にして科学的世界が成り立ち、最後に、それを使って最初の仮定の一部を正当化することができるのよ」

「議論が、一つの輪になってくるわけだ」

「これで、日常的世界と科学的世界の実態が、大体明らかになったと思うわ。ここまでくれば、輪廻転生する空の世界にとどまることも、日常的世界と科学的世界に仮に身を置くことも、その時々の都合で自由に選べることになるわね。各々の世界の意味とお互いの関係は一応はっきりしたわけだし、私たちの哲学には、行きの道も帰りの道も、両方備わったと考えていいのよ」

「これで完成だわ」とマヤはいった。

二人は水割りのスコッチで乾杯した。

蛍のような雪の乱舞はいつまでも続き、冬の海の潮騒も途絶えることなく続いていた。おれたちは幸福な達成感に満たされ、疲れを感じることもほとんどなかった。

かつてのプラトンやヘーゲルだったら、作品の完成した喜びを、一体どうやって表現しただろうか。おれたちは、ただ黙って抱き合い、静かに口づけをかわした。

Our Nirvana

第七章　時はめぐって　2010年

乃木坂にある国立新美術館は、平日だというのにとてもにぎわっていた。ここのガラスばりの広いラウンジは開放感があり、おれにはとても気の休まるスペースだ。今日も、ガラスの外には東京の町並みが広がり、春の日差しの中、いたるところで桜が咲き誇るのが見えた。

おれは「DOMANI・明日」という表示のある展示会場に入り、他の観客に混じって足早に中を見て回った。例年は一月にやる企画だが、今年は四月にずれ込んでいたのだ。これは、「明日を担う気鋭の美術家」十二人の作品を展示したもので、おれは、その中の一人に選ばれていた。ただし、「明日を担う」といっても必ずしも若手ではなく、おれなど、年齢的には「若手」どころか、「中堅」のカテゴリーからも半分はみ出していた。

思えば遠くへ来たもんだ……。十二人の最後のコーナーにある自分の作品を一瞥し、展示室から明るいラウンジに出て、そう思った。確かにおれは、自分で自分の庭を耕してきたといえるのかも知れない。

マヤと出会ったのは三十年前だった。冬の海を見下ろす雪見のバーの中で、はたちにもならないおれとマヤは、老夫婦のように、激しく静かに愛し合った。

しかし、運命はおれたちを翻弄し、それから数カ月後、マヤは病院の中であっけなく死んだ。まるで、「お涙ちょうだい」のやすっぽいドラマのような、唐突な結末だった。あまりの視聴率不振でスポンサーから見放され、三ヵ月で打ち切りにされて、あわてて主人公を急な病気で死なせるという、いつか見たテレビドラマと変わらなかった。

若かったおれは慟哭したが、気力をふりしぼって運命に耐えた。潮騒の家にも、その後何回か足を運んだが、結局、中に入ることは一度もなかった。

「私は死なない」と思いながら、マヤは死んでいったのだろうか？　それとも、生死を超越し、ソクラテスのように従容《しょうよう》として死を受け入れたのだろうか？　いずれにしても、マヤの安らかな眠りを信じようとおれは繰り返し努力した。だが、おれの心には、最後に会った日の、別れを予感して悲しそうに泣いていた彼女が、いつまでも焼きついて離れなかった。

芸大の三年生になった時、おれは、アルバイト先で別の女性と知り合い、数年後に結婚した。しかし、歳月を経ても、マヤと潮騒の家を忘れることはなかった。〝さよならをする時が君との新しい旅のはじまりだ。船に乗り、過去という海を越え、二人だけで旅立とう〟そんな歌の歌詞が時々頭をよぎった。

それにしても、マヤに会いたい。彼女の思い出がよみがえるたびに、おれはいつも気が狂いそうになる。

彼女は本当に輪廻転生したのだろうか。そもそも、マヤは、あの不思議な天才少女は、一体何ものだったのだろう。もしかしたら、このおれの「仮想時間」に浮かぶ、ただの幻想なのかも知れないとさえ思う。

しかし、一瞬、そう思って、おれはすぐに自分のばかな考えを否定する。あれは幻想に過ぎないと、単に今のおれが思いたがっているだけなんだ。

国立新美術館の正門を抜けて、おれは、春風の中を六本木に向かって歩きだした。今夜は、もう何年も行っていない代官山の「ラスカサス」に、もう一度立ち寄ってみようとおれは思った。

Our Nirvana

終章　ぶどう酒色のニルヴァーナ

白いレースのカーテンから差し込む初夏の日差しが、私の部屋を温室のようにあたためていた。お気に入りの環境音楽とアロマの香気が、私の心をさらになごませた。

いつものように入念に化粧をした私は、テーブルの上のプリントの束をもう一度手にとり、ところどころを読み返した。これから先生の研究室を訪問すると思うだけで、いやがうえにも気分は高揚していった。


私が芸大に入学したのも、一つには、現代美術の鬼才と呼ばれる神川竜一教授にあこがれていたからだ。実物の神川先生を初めて見たのは、四月の最初の講義の時だったが、私は一目見て、先生の〝かっこよさ〟に圧倒されてしまった。

長身の引き締まった体にネクタイなしで黒いスーツをまとった先生は、まるで十代のアイドル歌手のような甘いマスクをしていた。五十をとっくに過ぎているはずなのに、肌はつやつやとしてしわ一つなく、わずかに白髪の混じった驚くほど豊かな髪は、後ろでくくられて腰のあたりまで延びていた。

私は、先生がいろんな雑誌に論文を書いているのを知っていたので、講義の後で、最近の論文の掲載誌を教えてもらおうと、質問に行った。

「ぼくのものをお読みになりたいなら、原稿ごと貸してあげてもいいですよ」

先生はそういって、鞄からUSBメモリーを取り出し、私に手渡した。

「これに全部入ってますから、いちいち雑誌を探すより手間が省けます。ご自分でプリントなさってても、ぼくは一向にかまいません」

私は先生の親切さにすっかり感激してしまった。下宿に帰ると、自分のPCにデータを取り込んで、中身を全部プリントアウトした。それをむさぼるように読んでいると、たくさんの雑誌論文に混じって、まるで小説のようなふしぎな原稿があることに気がついた。それは、主人公の芸大生が、海辺の別荘で、マヤという名の美少女から輪廻転生について教えられるという内容だった。

次の週、私は神川先生にUSBメモリーを返却し、その原稿のことを話題にした。

「ああ、あれはぼくの自伝です。人に見せるために書いたわけじゃありませんが、一緒に入ってたんですね。でも、別に読んでもかまいませんよ。プリントしても文句はいいませんし」

先生からあまりにもあっけなく〝告白〟され、私は腰を抜かすほど驚いてしまった。もしかしたら家族でさえ知らないような先生の秘密に自分がコミットしてしまったと思い、私はますます先生に夢中になってしまった。

「もっとも、細部がどこまで事実かは、ご想像におまかせします」

そういって先生は、平然と微笑した。それから、来週にでも研究室に遊びにいらっしゃい、普段からしょっちゅう学生が出入りしてるので、あなたも歓迎しますと先生はいった。それが、ちょうど一週間前のことだった。

上野に向かう電車の中で、私はあらためて「潮騒の家」の内容を思い返した。〝今夜は、もう何年も行っていない代官山の「ラスカサス」に、もう一度立ち寄ってみようとおれは思った〟原稿の最後のせりふを私は暗記していた。その後は一体どうなるんだろうと私は考えた。「ラスカサス」で、輪廻転生したマヤにまた出会うのかも知れない。でも、そんな月並みなおとぎ話じゃつまらないと私は思い返した。現実はＳＦじゃないんだから、そんな奇跡が起きるはずはない。平凡な現実は、ただありのままで十分神秘的だというのが私の日ごろの持論だった。

それでも、電車の窓ガラスに写った自分の姿を見ると、私は思わず笑ってしまった。自分が、代官山に現れたマヤと全く同じ服装をしていることに気づいたからだ。マヤは、栗色の長い髪がとてもよく似合う女性だと書いてあった。私も、それほど長くはないが、小学生のころから茶髪だった。マヤの時代の女性も、今のように髪を染めていたのだろうか。それとも、彼女は生まれつき栗色の髪をしていたのだろうか？　初夏の陽光のせいで、私はついウトウトと、つまらないことばかり考えてしまった。

その日、神川教授の研究室を訪れたのは私一人だったので、私と先生は、薄いコーヒーを何杯も飲みながら、いろんな話をした。神川先生は、私が「潮騒の家」を読んでいることを知っているせいで、普段の授業では口にする機会もない輪廻転生について、楽しそうに話し続けた。

先生のデスクには、青い表紙の古びたスケッチブックが置かれていた。先生は、その中の一ページを開き、薄いブルーのサインペンで書かれた〝あの文章〟を読み上げた。

意識現象A1〔ぼくはリュウイチ。今日は一九八〇年八月三十一日。昨日までの記憶はあるけど明日以降のことは分からない〕

意識現象A2〔ぼくはリュウイチ。今日は一九八〇年九月一日。昨日までの記憶はあるけど明日以降のことは分からない〕

意識現象A3〔ぼくはリュウイチ。今日は一九八〇年九月二日。昨日までの記憶はあるけど明日以降のことは分からない〕

「一瞬の意識は一瞬で消滅しなければなりません。しかし、完全な無ということもありえないから、現象が消滅した後も、必ず何か別の現象が現れなければならない。しかし、現象と現象の間には、どんな関係もないし、一定のつながりもありえません」

先生は、一語一語かみしめるように語った。

「A2が現れる時には、九月一日のリュウイチが九月一日の生活を送っている。同様に、他の瞬間には、A3が現れる時には、九月二日のリュウイチが九月二日の生活を送っている。他の瞬間には、八月三十一日のマヤが八月三十一日の生活を送っている。しかし、どれがどういう順序で起きるのかは、決して確定できません」

「分からないからじゃなくて、関係そのものが存在しないからですね」と、私は続けた。

「そうです。だから、A1が滅した直後にどの現象が続くのかは、誰にも答えられないのです。強いて答えるならば、A2もA3も、B1もC1も、どれもがA1の直後に起きているということになる。そういう表現を仮に許すならば、A1が滅した直後に、『私』は世界中のすべての現象に向けて転生するといっていいでしょう」

「かなりユニークな輪廻転生の考えですね」と、私はいった。

「その通りです。ヒンドゥー教などで輪廻転生という時には、アートマンという個人の『本体』が、さまざまな現象を次々に経験してゆくと考えます。そして臨終の時を迎えると、アートマンは特定の別の人格になってゆく。ドラマは時間にそった一本の流れになりますし、輪廻転生は臨終の時にだけ起こります。しかし、われわれの考えでは、輪廻転生は一瞬ごとに常に起きているし、特定の現象にだけ続くわけでもありません。それに、アートマンという無色透明の永遠の『本体』

を想定する必要もないんです」

私の耳は、「われわれ」という先生の言葉に、思わず反応してしまった。

「ですから、〝われわれ〟の世界観は輪廻転生の証明だといってもいいのですが、普通の意味での輪廻転生の否定だといってもいいのです」

「仏教でもそういうふうに考えるんですか」と、私はきいた。

「それはよく分かりません。ただ、大乗仏教時代のナーガールジュナとかダルマキールティの思想の中には、われわれの世界観と共通するものが確実にあると思います」

そういって、先生はまたコーヒーをカップについだ。

「インド仏教では、輪廻転生を超越した静寂の境地をニルヴァーナと呼んでいます。ナーガールジュナもいっていますが、われわれは苦しみに満ちた個々の『生』にとじこめられていて、その上、永遠に続く普通の意味での輪廻転生さえ課せられているかも知れない。一方、臨終によって自分が終わりになることをわれわれは恐れてもいます。しかし、それらはみんな幻想であって、本当の世界は、死もなく、輪廻転生すら成り立たないニルヴァーナの世界なんです」

私にとってニルヴァーナはロック・バンドの名前でしかなかったが、それが、もともと解脱とか静寂の境地を意味することぐらいは一応知っていた。

「苦しみに満ちた人生というドラマが仮想現実に過ぎないから、この世界はニルヴァーナなんですか？」

「そうですね」

「でも、そういわれても」と私は反問した。

「やっぱり苦しい時は苦しいですよね」

「そうです」

先生は、にっこりと笑った。

「昔の仏教徒にとっても、世界の真相を哲学的に知ることと、実際に静寂の境地に入ることとは同じじゃなかったはずです。だから、哲学とは別に、実践的なトレーニングもいろいろ工夫されていました。初期のアーガマ仏教は禁欲主義と体系的なメンタルトレーニングを重視しましたし、後のタントラ仏教には、セックス・ヨーガなんてのもあったようです」

「マヤさんも、死がありえないことはよく分かっていたのに、お亡くなりになるときは、とても悲しんでおられたそうですね」

私は、思わずマヤのことを口にした。

「その通りです。誰だって二十四時間『哲学者』でいられるわけはありません。特に、マヤはいつも天真爛漫でしたから」

先生の口調が重くなり、しばらく遠い目つきになるのがはっきりと分かった。

それにしても、マヤはなぜ死んだのだろう。繰り返しつきまとう疑問が、またこみ上げてきた。ガンか白血病だろうか。それとも酒の飲み過ぎ？　まさか！　もしかたら神川先生の子どもを宿して、出産か中絶の際の医療事故で亡くなったのかもしれない。だとすれば、あまりにも悲しすぎる話だと私は思った。老夫婦のようにいつくしみ合い、静かに愛し合ったことの結果が、早すぎる別れと一生続く後悔になるなんて。真相がそうだと決まったわけではないが、このことだけは、先生に聞くことは絶対できないと私は思った。

それにしても、マヤは一体どんな人だったんだろう。先生の研究室にいても、写真や肖像画が何もないことが私には不思議だった。

ただ、目の前には「潮騒の家」にも登場する先生の思い出のスケッチブックがさりげなく広げられていた。私は自分から手を伸ばして、ページを何枚かめくった。先生とマヤが並んで立っているところを描いた例のイラストが目の前に現れた。しかも、各々の人物の下には、誰が書いたのかは分からないが、薄い赤鉛筆で名前まで記されていた。背の高いヒョロヒョロの男の子の下には K.Ryu。チビで髪の長い女の子の下には M.Aya と書かれていた。これが〝マヤ〟の本当の名前なんだと私は気がついた。

＊　＊　＊　＊　＊

夏の名残の蒸し暑さから秋の冷気への変化は、あまりにも突然だった。私は薄着をしてきたのを後悔しながら、なつかしい大学の中を足早に歩いていった。断続的に吹き抜ける木枯らしに歩道の木がざわつき、そのたびに、落ち葉は一斉に舞い上がった。

秋風のヴァイオリン、長いすすり泣きの声はとだえず。単調な物憂さに、わが心はいよいよ悲しむ。そんな詩句が、私の頭の中で繰り返し再生された。

神川教授の研究室は昔と同じ場所にあり、まるで洞窟のような部屋の雰囲気も昔と変わらなかった。先生のスリムな体と洗練されたファッション、甘いマスクと張りのある声も昔のままで、卒業してから七年も経っていることがまるでうそのようだった。変わったところといえば、先生の肌につやがなくなり、ポニーテールの長い髪がかなり白くなって、あごひげが加わったことだけだった。

私は、今回の個展でお世話になったお礼を述べ、先生は本当にうれしそうに私を励ましてくれた。

「最近はあなたもすっかりメジャーになりましたね。私のクラスの誇りといってもいい」

それから、まるで若者のように、いたずらっぽく付け加えた。

「昔は小ギャルだったけど、今じゃ大した貫禄だ。美術界のマダムという雰囲気ですね」

「まあ、そんな！　先生こそ、いつまでも生き生きしていらっしゃるのに」

　そういう口調が確かにマダム風だと、私も自分で反省した。

「あなたを見ていると本当に世代交代を実感します。私などは、気ままに自分の畑を耕してきた人間ですが、それでもこれからは、年相応の生き方をしないといけないと思います。そう思って、先週、自分のポニーテールを半分に切りました。もっとも、今でも十分長いんで、気がついたやつは誰もいませんが」

　私と先生は、私が手土産に持ってきた洋菓子を机一杯に並べ、薄いコーヒーといっしょに食べはじめた。学生時代の記憶が、まるで解凍されるように徐々に蘇ってくるのが分かった。

「私も、もうすぐ引退するつもりです」

　先生は、突然切り出した。

「え？」

「定年までにはまだ間がありますが、そろそろ悠々自適になってもいいころですからね。われわれの恩師の世代は、定年前に退官することをみんな得意がってましたが、自分もそんな心境なんです」

急な話なので、私はすっかり驚いてしまった。

「来年の今ごろは、妻と二人で田舎に隠遁してるでしょう。もちろん、完全に世を捨てるわけじゃないですよ。大学での勤務は一応終わりにするというだけのことです」

そういう先生の口調には、断固とした強い意志が感じられた。それから先生は窓の外に視線を向け、私にもはっきり分かるような遠い目つきで、夕暮れを見つめた。

＊　＊　＊　＊　＊

日がかげるのが本当に早くなったと思いながら、おれは田舎道を急いだ。何度も通った道だったが、周囲は少しずつ変化していて、石垣や垣根に囲われた民家も、以前に比べれば新しい家が多くなっていた。しかし、電車は五年前に廃止され、ここへ来るためには何時間も長距離バスに乗らなければならなかった。

土手の下のトンネルを抜けて海岸に着いた時には、もう夕暮れの気配だった。海を横目にして砂浜を歩いてゆくと、「潮騒の家」は今も建っていた。しかし、それは何十年も前からサーファー用のクラブハウスとレストランに変わっていて、扉の横には薄汚れたサーフボードがいくつも立てかけてあった。サーフィンをする人は冬でもいるが、さすがにこの辺りは人影もなく、家の中もどうやら無人だった。

扉を見ると、「この八月で営業を終了させていただきます」という貼り紙が目に入った。半分破れた紙の色はすっかり変色し、「この八月」がいつの八月なのかはまるで見当もつかなかった。

おれは家に近づき、施錠された扉にそっと手を触れた。喜びも悲しみも遠く過ぎ去って、どこまでも透き通った静けさに心が満たされるのが不思議だった。

なぎの時刻にはまだ間があるようで、晩秋の海風は激しく冷たかった。しかし、潮騒のにぎわいだけは、あの夏と同じだとおれは思った。

＊　＊　＊　＊　＊

もうすぐ年末だというのに、その週はパーティーもコンサートも何もなく、私は家の中で退屈な時間を過ごすことを覚悟していた。

この家は、駅から車をとばしても二十分以上かかる山の斜面に建っている。コテージ風の母屋とアトリエが並んでいて、アトリエでは芸大の関係者を集めてホームパーティーやコンサートが定期的に開かれていた。昔から海の好きな彼が、こんな山奥に隠棲したことが、私にはとても不思議だった。もっとも、六十年以上連れ添った妻だからといって、私が彼のことを理解できているという自信は全くなかった。

結婚する前に好きな人がいたことを、彼は決して隠さなかったし、結婚してからも、親しい人が何人もいたことはよく知っている。しかし、そんなことはどうでもよかった。私としては、彼が賞を取ったり教授になったりした時には心から喜んであげたつもりだった。そして、苦楽を分かち合ったつもりでいたが、それでも、男の人の仕事に対する思いを完全に理解できているとはいえなかった。だから、二十年前、彼が芸大を突然退官してこの家に隠棲した時も、私にとっては青天の霹靂《へきれき》で、当時は、そのことがとてもはがゆかった。


隠棲したといっても、別に孤独な生活をしていたわけではなかった。彼はいつもアトリエで新しい作品の制作に励んでいたし、都内では個展や講演を精力的にこなしていた。芸大の関係者との社交生活もにぎやかだった。私たちに子どもはいなかったが、経済的には恵まれていたので、それなりに自由な暮らしを満喫できた。私も、週に一度は都内で買い物をしたり、映画を見たりした。自分一人で出掛ける時もあったが、友達と待ち合わせることもあったし、彼と二人で出掛けることも珍しくなかった。

そんな満ち足りたセカンドライフに変化が現れたのは、ここでの暮らしが十年目を迎えた辺りだった。彼は若いころからハンサムで、年をとっても変わらないのが私の自慢だったが、そのツケをまるで一度に支払ったように、その後の彼は急速に老化した。自宅での制作やホームパーティーは続いていたが、自分から町に出ることはほとんどなくなった。

夕食後もアトリエにこもりきりの彼に、夜食と薄いコーヒーをそろえて持っていくのが私の日課になっていた。その日も、いつもと同じ時刻に、私は部屋のドアをノックして中に入った。ポニーテールとあごひげ以外は、まるで別人のようになってしまった彼がそこに座っていた。新作の下絵を描いているようだったが、表情は固く、変化がなかった。食事を差し出しても「うん」とうなづくだけで何もいわず、そのまま窓の外に視線を泳がせた。

＊　＊　＊　＊　＊

外はもう真っ暗だったが、雪が降ってきたのははっきりと分かった。

「少し寒いんじゃないか」

おれはきいた。

「大丈夫よ」

彼女は静かにつぶやいた。

「リュウといっしょにいられるだけで十分あったかいわ」

そして、長机の上にひじをついたまま、大きなグレーの目でおれにほほえんだ。

「生まれ変わっても、こうしていっしょにいたいわね」

冬の雪と潮騒のとりあわせが、とてもミスマッチだとおれは思った。

＊　＊　＊　＊　＊

主治医が集中治療室を出てゆくと、私と彼はまた二人だけになった。最後に会話をしたのは五時間前で、それ以来、彼は昏睡状態が続いていた。夫婦として過ごした二人の長い旅路が終わりに近づいていることははっきりしていた。しかし、悲しみはまだ実感にならず、これから何日も経って、本格的に悲しくなることだけがはっきりしていた。

部屋の外には、彼の昔の教え子だという栗色の髪の女性が夫を連れて駆けつけていたが、廊下で待ってもらっていた。年甲斐もないことかも知れないが、残り少ない時間を、彼を独り占めにしたまま生きていたいと私は願った。私は彼のひげづらをのぞきこみ、手で触り、自分の頬を擦り寄せた。しばらくそうしていたが、彼の表情は何も変わらなかったので、私は落胆して病床を離れ、またパイプ椅子に座った。

部屋の隅には、大きな紙袋があった。そこには、自分が死んだら棺に入れてほしいと彼があらかじめリクエストしていた品物が入っていた。私は袋の中から、すっかり変色した青い表紙の古いスケッチブックを取り出し、中をめくった。そこには、海や田園や室内の風景など、いろんなデッサンがあったが、所々、落書きのようなイラストもあって、サインペンで文字の書いてあるページもあった。

1　意識現象はある。
2　意識現象は、変化も持続も含まない単一の瞬間の連なりだ。
3　意識現象は、空間的にも単一不可分だ。

そこから後は、サインペンの変色と私の涙のせいで読み取れなかった。

部屋の中には、人工吸入器の動く音だけが単調に響いていた。私はもう一度立ち上がって、話しかけるように彼の顔をのぞきこんだ。気のせいかも知れないが、こわばった顔がわずかにゆるんで、なごやかにほほえんだように見えた。それはまるで彼が夢を見ているようだった。しかし、すぐに表情はまた固くなり、それ以来、何も変化は起きなくなった。私は、とうとう別れがやってきたことをはっきりと悟った。

＊　＊　＊　＊　＊

海はどこまでも青く澄んで、夏の陽光に照らされていた。思いきり泳いで砂浜に上がっても、体が乾くのに一分もかからなかった。おれは、泳ぎ疲れた足に力を入れ、水平線に向かってまっすぐ立ち上がった。それから、波の砕ける音を、しばらくの間、じっと黙って聞いていた。

背後に、タクシーのとまる音がした。

「写真を全部もらってきたわよ！」

彼女の明るい声が聞こえた。

「早かったね」、おれは振り返った。

砂浜を歩いてくる彼女は、真っ白なシャツに、ぴったりした短パンを身につけ、長い髪が海風になびいて、まるで奇跡のように美しかった。

「駅前の写真屋さん、すごく速いのよ。昨日のハイキングの写真も全部しあがってたわ」

「田園ハイキングってあんなに楽しいとは思わなかったな。また、明日も行こうか」

「そうね。でも、リュウは水泳の方がいいんじゃない？」

「朝は田園に行って、午後は海だ。限りある夏休みは有効に使わなきゃ。明日はいよいよぼくの誕生日だし、ぼやぼやしてたらすぐに夏が終わって九月になっちゃうよ」

「まあ、年はとりたくないわね。でも、あんまりツメて遊ぶと、夜になってから、また疲れが出て、すぐに寝ちゃうんじゃない?」

「自分だってそうじゃないか」

二人は、砂浜の上で、言い争うまねをした。それから彼女は、現像した写真の袋をおれに手渡した。おれが写真を出して見ていると、彼女はいきなり、子どものように、はだかのおれに抱きついてきた。「好きよ」という声と、髪の香りがおれの意識に飛び込んだ。おれも、袋を投げ出して、思いきり力をこめて彼女を抱きしめた。それから、歓声をあげる彼女を抱き上げ、二人一緒に海にとび込んだ。午後の大きな波がそこに襲いかかり、おれたちを頭から飲み込んでしまった。

＊　＊　＊　＊　＊

さっきまで真っ青だった空が夕暮れに変わるのは、あっという間だった。

長い間泳いでいた彼女はようやく砂浜に上がり、サロンの中で、濡れた水着の上に直接白いジャケットをはおった。

「今夜は、ぼくが夕食の用意をしよう」と、おれはいった。

「まあ、リュウにも隠し芸があるのね」

「だって、今日は『証明』の完成祝いじゃないか。この夏休みの集大成だよ。でも、ぼくの料理を本格的に鑑賞するためには、もっといろんな食材が必要だ」

「分かったわ」

彼女はグラスにシェリーをついで、海の見える窓際にすわった。

「冷蔵庫のストックをもっと増やすように注文しとくわね。今夜は間に合わないけど」

おれも、グラスを持って、彼女のとなりにすわった。

「来年の夏は、ぼくがこの家の総料理長だ」

「ＯＫ。来年が楽しみだわ。それじゃあ、乾杯」

真紅の太陽が水平線に溶け込み、海は、いつの間にか、鮮やかなぶどう酒色に変わっていた。


（潮騒の家・完）

後書き

　この物語は、時間に関する哲学的研究である『時間幻想』（重久俊夫・中央公論事業出版）の第三部を、古代ギリシア以来の古い伝統に従い「対話編」に仕立てたものです。

　同書の内容は、毎年三月にお茶の水の明治大学で開かれている「人文死生学研究会」での討論と、多くのかかわりを持っています。これは、プロ・アマを問わず、哲学、文化人類学、心理学、理論物理学など多様な分野の研究者が集まり、「一人称の死」についてディスカッションする研究会です。メンバーシップは特にないので誰でも自由に参加でき、ＳＦ作家やエンジニア、医療コーディネーターなど、多彩な人々が集まっています。

　この研究会開催の隠れた動機の一つが「輪廻転生」への関心であり、その辺りの事情は、研究会のホームページでも次のように説明されています（一部改変して引用します）。

　本会世話人である心理学者の渡辺恒夫は、多くの心理学的観察にもとづき、「私がなぜ『この私』であり、他の人格ではないのか？」という疑問を「自我体験」と名づけ、「『私』という主観が生じているのは『この私』だけであり、他者には生じていないのではないか？」という思いを「独我論的体験」と名づけた。そして、こうした〝疑問〟を論理的に克服しうる世界観を、輪廻転生と捉えて類型化した（『輪廻転生を考える』一九九六年、『〈私の死〉の謎』二〇〇二年）。

これに対し、同じく世話人である重久は、時間の非連続性を強調する「現在主義」の立場に立ち、瞬間と瞬間の間には相互関係がありえないことを指摘して、輪廻転生を現実に証明しようと試みた（『夢幻論』二〇〇二年、『時間幻想』二〇〇九年）。

一方、哲学者の三浦俊彦は、この宇宙の物理定数が、知的生命体の発生に対して絶妙な値に設定されているという「ファインチューニング問題」を取り上げ、その謎を解く唯一可能な解釈として、多宇宙実在論に注目した。そして、そうした解釈が要請する「私」の定義を分析することにより、輪廻転生が証明されると考えた（『多宇宙と輪廻転生』二〇〇七年）。

渡辺の議論は、特殊な心理現象から触発される一つの「エレガントな仮説」だが、重久と三浦は、それを実在論的に証明しようとしている。一方、渡辺と重久が唯心論（現象主義）を許容するのに対し、自然科学的観点を重視する三浦は唯心論に否定的であり、三者三様の輪廻転生観には、ほどよい距離感があるといわざるをえない。


三人目に名前の挙がっている三浦俊彦氏は、研究会の二回目以降の常連参加者であり世話人の一人でもありますが、哲学・論理学関係の多くの啓蒙書やクイズ本の著者であるとともに小説家でもありますから、ご存知の方も多いと思います。

世論調査の結果を見ると、輪廻転生への関心は一般社会でも高まりつつあるようです。その上、現代の科学や哲学の文脈でも公然と議論されている以上、単なる迷信とかヒンドゥー教の教義としては片づけられない問題を孕んでいると思われます。

『時間幻想』の中では、輪廻転生に到る準備段階の問題が詳細に検討され、その中には、哲学の歴史の中で過去数千年間議論され続け、おそらくこれからも議論されるであろう論点がいくつも含まれています。特に、意識現象と物理現象の関係とか、運命論と決定論の関係などは、現代哲学のホットな話題でもあります。『時間幻想』では、そうした論点をめぐり、さまざまな考察が行われていますが、今回の対話編ではその一部を「哲学的注釈」として巻末に加えておきました。

さて、リュウイチとマヤの物語は、一九八〇年を舞台にしています。小説や映画の中には、特定の地域や時代を正確に描写する「精密再現ドラマ」というものがありますが、この物語はそれほど「精密」ではありません。作者自身の記憶をもとにして、適当にアレンジした部分を少なからず含んでいるからです。二、三、タネあかしをすると、リュウイチの甲州街道に近い下宿は笹塚に実在し、マヤと最初に出会う新宿のディスコ「マンハッタン」は歌舞伎町にあった「ニューヨーク・ニューヨーク」をモデルにしています。代官山の「ラスカサス」のモデルは「ラ・カシータ」といいますが、一九八〇年当時は開店三年目で、本文にあるような現在の場所から、少し離れたところに建っていました。「潮騒の家」は、東京から半日ぐらいで来られる場所なので、房総あたりが想定されますが、「記憶の中の夢の世界」ということで、具体的な設定は考えられていません。実をいうと、描写のモデルは日本海の能登の海岸で、「平仮名三文字の不思議な名前の駅」は、西田幾多郎記念哲学館がある「うのけ」のことです（真っ青な海というのは太平洋側でも見られますが、やはり夏の日本海が最高だと思います）。

登場人物は事実上二人しかいない「物語」ですが、二人とも、架空の人物で、いわばモンタージュ写真のようなものです。マヤのような雰囲気の女性を実際に見たければ、品川などにある現代美術専門の美術館に行くことをお勧めします（もちろん、展示してある作品のことではありません）。

ただし、二人の名前にはそれなりのこだわりがあります。リュウイチの本名である「神川竜一」は、「神はインドのアルジュナ神、竜はナーガを表し、古代インドの哲人ナーガールジュナの生まれ変わり」という意味を込めています。一方、マヤの方は、そもそも姓なのか、名なのか、あだ名なのかもはっきりしない名前ですが、その由来をいろいろ想像していただくのも一興ではないかと思います。

末筆ながら、本文のフィージビリティ・チェックに協力していただいた頓田文《あや》さんと大西妃登美《ひとみ》さんに心からお礼を申し上げます。彼女たちこそ、「マヤの母」のモデルといっても過言ではありません。

重久俊夫

哲学的注釈

『潮騒の家』の本文中に登場するいくつかのセリフに関し、若干の哲学的注釈を加えておきます。

【1】大事なことは、『私が意識現象を経験している』っていう言い方が、実際には正確じゃないっていうことよ。（第一章の2）

主観（主体）と客観（客体）は、いろいろ違った意味で使われる言葉です。たとえば、次のような用例を考えてみましょう。

1 「私という人間が四角い箱を見ている」という場合。この場合、「私という人間」が主体（主観）で、箱という物体が客体（客観）に相当します。

2 「私という意識が四角い箱を見ている」という場合。この場合、意識（あるいは、心・精神・魂）が主観で、箱という物体が客観に相当します。

3 「私の意識現象の中に四角い箱が見えている」という場合。この場合、「私の意識」という場所が主観で、そこに現れている箱の映像が客観に相当します。

4 「私の意識現象の中に四角い箱が見えている」という場合。「箱を見る」という作用が主観で、見えている箱が作用の対象（内容）としての客観に相当します。

1の場合の「人間」と「箱」、2の場合の「箱」は、いずれも物理的な存在者（物体）ですから、1と2は、第一章では取り上げられません。問題は3の場合ですが、その場合の主観（意識）と客観（映像）は、映画館のスクリーンと映像に例えることができます。しかし、両者を切り離して、何も映っていない「意識そのもの」（私そのもの）を考えることはおそらくナンセンスです。そんな、のっぺらぼうの「私」などどこにも存在しないからです。「『私』というモノが意識現象を経験している」という捉え方が不正確だということは、そういう点を指しているわけです。

4も同様で、「箱が見えている」という場合、「見る」という作用と「箱」という内容とは一体不可分であり、切り離すことはできません。あるのは、ただ、「箱が見えている」という一つの事実だけです。それゆえ、作用と対象（内容）の区別も、言葉の上での便宜的なものに過ぎないと考えられます。

【2】そうした瞬間は、持続時間がゼロでも無限小でもない。しかし、それは、ただ一つの出来

事だけを含んでいて、決してそれ以上分割することのできない文字通り単一の瞬間だ。まるで、きらめくダイアモンドのような硬い時間のかたまり。時間の原子核だ。(第二章の3)

これは時間モナド論という考え方ですが、現代の物理学でも、時間は無限分割できず、最小単位(クロノン)があるという説が有力です。その場合の最小時間はプランク時間と呼ばれ、十のマイナス四十三乗秒という途方もない微小時間です。もちろん、本文で述べた時間モナド論は、根拠も長さも物理学の理論と同じものではありません。

哲学の世界で、時間の無限分割を否定する有名な証明の一つに、ゼノンのパラドクスがあります。それは、駿足のアキレウスが、前方を歩いてゆく鈍速のカメを追いかけていっても、決して追いつかないという証明です。なぜなら、アキレウスが最初にカメのいた場所に達しても、その時、カメはいくらか前方に進んでしまっています。アキレウスがさらにその場所に達しても、カメはさらに(ほんの少しですが)前方に進んでいます。アキレウスがカメのいた場所に達するという事象をe1、e2、e3とすれば、これらの事象は(時間的な間隔はどんどん短くなりますが)終わることがありません。それゆえ、アキレウスは永久にカメに追いつけないということになります。

この場合、e1、e2、e3の時間間隔はどんどん短くなりますので、アキレウスがカメに追いつけない証明は、時間の無限分割可能性が前提になっています。それゆえ、こうした非現実的な結論を回避するために、「時間の無限分割はありえない」という結論が導かれることになります。

ただ、「無限級数の和が有限の値になることがある」という数学的事実から、ゼノンのパラドクスは否定されたといわれることもあります。確かに、e1、e2、e3の時間間隔がどんどん短くなる場合、そうした事象が無限に続いても所要時間の総和が有限の値に収まり、アキレウスがカメに追いつくことは十分ありえます。そう考えると、時間の無限分割を否定する根拠もなくなります。

しかし、この反論は、e1、e2、e3が時間的な「先後関係」であって、単なる空間的な位置関係ではないことを見落としています。長さ1メートルの糸の中間に点をつけ、その右半分の中間にまた点をつけ、その右半分の中間にまた点をつけるということを限りなく繰り返すと想像すれば、空間を無限分割することは十分可能です。しかし、時間の場合は、「前の事象が生じ終わらなければ後の事象が生じない」という厳然たる制約があります。それゆえ、無限級数の和が有限の値に収まり、アキレウスが有限の時間（たとえば、1分）でカメに追いつく場合、その瞬間までに、e1、e2、e3という無限の事象が生じ終わったことになります。しかし、「無限の事象（特に、その最後のもの）が生じ終わる」ことは、定義上ありえません。こうして、アキレウスとカメの話は、パラドクスであり続けるわけです。

ただし、第四章では、時間的な先後関係自体がありえないと証明され、それによって、ゼノンのパラドクスも解消されます。結局、ゼノンのパラドクスによる時間の無限分割否定論は成り立たなくなりますが、そのかわり、今度は「流れる時間」そのものが否定されることになります。

【3】A　意識現象以外の物理現象。B　私以外の、他の人の意識現象。C　私のものだけど、「今」以外の意識現象。D　今ここの、私の意識現象。間違いなくあるといえるのはDだけだわ。それ以外のものはあるかも知れないし、ないかも知れない。（第三章の1）

Aが実在しないと考えれば「唯心論」。AとBとが実在しないと考えれば「独我論」、AとBとCがすべて実在しないと考えれば「究極の独我論」になります。本文では、存在するものは必ず何らかの「現象」であるという現象一元論の立場をとりますが、「唯心論」「独我論」「究極の独我論」は、どの可能性も否定されず、肯定もされません（ただし、Aは、たとえ実在するとしても、その実態は想像も及ばない「不可知」なものとなります）。

また、唯心論は「観念論」と呼ばれることもありますが、観念論という言葉にはいろいろ余分な意味が含まれ、この場合の唯心論とは異なります。たとえば、意識現象の流れを実体化して「心」や「霊魂」と呼び、そうした「心」がすべての存在を作りだすという解釈もあります。また、世界が心（主観）の意のままになるとか、人間にとっての有用性が真理の基準であるとか、そういう意味の観念論もあります。しかし、それらはみな、ここでいう唯心論とは無関係です。また、「究極の独我論」を採った場合、世界は今ここの一瞬の意識現象だけになりますが、それでも、世界が一瞬で終わるとは考えられません。現象の種類（内容）はただ一つでも、同じ現象が無限に反復され、世界は決して終わらないことが第五章で論じられるからです。

一方、心理学の世界では、「自分以外の他者に、自分と同じ意味での意識が宿っているとは思えない」という心理状態を独我論体験と呼ぶことがあります。これは、他者という物理的存在者（A）の実在は認めるものの、その他者に意識（B）が存在することを否定するものであり、先に述べたような認識論的独我論とは区別しなければなりません。ただ、独我論体験は、「なぜ私は『この私』であって、他の人格ではないのか」という疑問（自我体験）とともに、多くの人々が幼少期に経験するものだといわれます。また、アスペルガー障碍の患者の証言には、「夕方、職場の同僚と別れた後、その同僚は次に会うまで消えている」といった内容が現れ、これなども、独我論体験の一種と見なされます（マヤもアスペルガー障碍を負っているので、「すべてが夢で、しかも夢だと分かっていても、現実とどれだけ違うのかしら」（第三章の3）という感覚を、文字通り実感していたのかも知れません）。

一方、英語圏の現代哲学では、心と物質（特に、脳）の関係を考察する分野を「心の哲学」と呼んでいます。「心の哲学」の特徴は、脳科学のような自然科学が描く物質世界の存在を、疑うべからざる事実として前提している点にあります。しかし本文では、第三章や第五章で論じるように、「日常的世界」や「科学的世界」を、さまざまな仮定の上に成り立つ仮説に過ぎないと考えます。従って、「心の哲学」とは根本的に立場が違うといわざるをえません。

実際、心と物質の二つを実体視した場合、両者の因果的なかかわりは、永久に説明のつかない「ハード・プロブレム」（難問）となります。特に、心から物質への因果作用を認めることは「念力主義」としてしばしば批判されます。しかし、そうした「難問」をかかえながらも、「心の哲学」では、心と物質（脳）の関係を次のように解釈しています。

仮説A1　自律的二元論・物理現象と意識現象とは各々自律的に存在する。

仮説A2　付随的二元論・物理現象と意識現象とは別々の実在だが、意識現象は物理現象に必ず付随（スーパーヴィーン）して生起する。

仮説B　還元論的物理主義・意識現象と物理現象は同一実体の異なった現れである。（心・脳同一説）

仮説C　消去主義的物理主義・意識現象は実在せず、物理現象のみが実在する。

比較的説得力があるのはA2とBであり、両者の間にはさまざまな論争があります。また、還元論を自称しながら、事実上、付随的二元論を唱えている論者もいます。

付随的二元論に立った上で、物質世界は因果的に自己完結しており、因果関係は物理現象の間だけで働くと考えれば、随伴現象説（エピフェノメナリズム）という考えになります。それは、意識現象に能動的な因果作用を認めず、意識現象は、本の挿絵のように、物理現象にただ付随していると考える立場です。「心の哲学」のように自然科学的な物質世界を実体視した場合、その辺りが最も無難な解釈なのかも知れません。

また、客観的な物質の存在を一旦認めた上で、すべての物質に霊魂 psyche が宿ると考える立場は汎心論 panpsychism と呼ばれます。

それらに対し、本文における議論は、物質だけでなく、因果関係（も付随関係）も実体視しない立場です。物理現象どうし、意識現象どうしであっても、因果関係とは「説明のつかないブラック・ボックス」であり、たとえ現象としての「関係」を認めるにしても、事物は「赤い糸で結ばれてはいない」（第三章の2）といわざるをえないからです。

【4】すべての出来事が運命だっていうことは、すべてが自然法則で予測できるという意味じゃ

ないわ。明日の天気が物理法則で完全に予測できるかどうかは、私は物理学者じゃないから分からないけど、でも、それはどっちでもいいことなの。大事なことは、たとえ予測できなくても、一九八〇年八月一日がもし晴れならば、「晴れじゃない一九八〇年八月一日」なんてどこにもないっていうことよ。それが運命っていうことだわ。(第三章の2)

「自然法則によってすべてが予測できる」という意味の決定論 determinism と、運命論 fatalism とは、こうした形で区別されます(ここでいうような運命論を、「論理的決定論」とか「絶対的運命論」と呼ぶこともあります)。一方、決定論そのものが正しいかどうかはいまだ明らかではなく、量子力学の不確定性関係に関しても、さまざまな解釈があります。

また、「完全な偶然といってもいいし、完全な必然といってもいいけど、結局、そうなる運命だったのよ」(第三章の2)とあるように、運命論においては、偶然と必然の区別は意味を持ちません。さらにいえば、「必然・偶然」という概念自体も多義的です。現象Xの生起を「必然」または「偶然」と見なす場合を例に挙げても、必然と偶然には次のような多様な定義があります。

A　現実世界を複数の可能世界の一つと考えた上で、現象Xがすべての可能世界に存在している場合が「必然」、一部の可能世界にのみ存在している場合が「偶然」。

B　因果関係が現象を引き起こすと考えた上で、現象Xが因果法則によって予測可能な場合が「必然」、そうではない場合が「偶然」。

しかし、現実が常に（運命論的に）一つである以上、Aの前提は否定されます。また、因果関係が実体視できない以上、Bの前提も否定されます。それゆえ、現象Xの生起は、Aの意味でもBの意味でも「必然ではなく偶然でもない」ということになります。

一方、運命論に従って「現象Xは確定している」と考える場合、次のような意味で、Xを「必然かつ偶然」と見なすことができます。

C　現実以外の可能性が全くないという意味で「必然」。それにもかかわらず、現実そのものは限定された内容を持ち、他の現象も存在するという意味で「偶然」。

「他の現象も存在する」とは「可能世界におけるXの対応物」というような意味ではなく、単に、世界にはX以外の現象も存在しているということです（仮に世界がX一つしかないとしても、第五章の議論によれば、同じXが無限回生起することになり、「今ここのX」に対して、それ以外の

Xが「他の現象」となります）。

ここで「可能世界」概念について触れておくと、「実在しないけれども、可能性としてはありえた世界」というのは、およそナンセンスな概念だと思います。量子力学の不確定性関係やカオス理論などを援用して、「世界は別なようでもありえた」ことを主張する人はいますが、そうした考えは、決定論を批判することにはなっても、運命論を否定することにはなりません。また、論者の中には、可能世界概念を駆使して運命論を論破しようとする人もいます。しかし、運命論とは、そうした可能世界をそもそも認めない（少なくとも、単なる空想か、自己の無知を表す以上の意義を可能世界に認めない）立場だと考えれば、反論としての効力を失うはずです。

一方、可能世界論の中には、「ないけど、ありうる」というような矛盾を排し、すべての可能世界が宇宙のどこかに実在していると考える立場もあります（様相実在論）。それに対する賛否両論には立ち入りませんが、もしも、すべての可能世界が実在しているのであれば、それらを含めた全体が一つの実在であり、それに対して運命論が妥当することになります。

もちろん、個々の可能世界から見れば他の可能世界はすべて「非実在」です。しかしそれは、複数の可能世界が共通の時空に存在せず、互いに「無関係」であり、それゆえ、中身が不可知であることを意味するに過ぎません。従って、本文の第四章で論じる「現象間無関係」と同様、個々の可能世界の「実在」を頭の中で足し合わせ、全体を一つの「実在」と考えることは十分可能です。また、互いに「無関係」な可能世界は他の可能世界から影響されないので、個々の可能世界に関して、個別に運命論が妥当すると考えることもできます。

【5】意識現象と意識現象の間の位置関係は、空間的にせよ時間的にせよ「神の視野」に取り込まれることを前提にして成り立ってるんだよね。それがありえないっていうことは？／「関係」そのものがありえないっていうことだわ。上下も左右も先後も。だから、時間の順序も存在しないのよ。（第四章の3）

意識現象にせよ物理現象にせよ、それらの間に何らかの「関係」が成り立つためには、全体が一つの「場」において（比喩的にいえば、「神の視野」において）現れていなければなりません。それがありえないことは本文で述べた通りであり、そこから、現象相互間にはいかなる「関係」もないことが結論づけられます（もっとも、時間という先後関係は、空間的な位置関係と違って、「神の視野」があったとしても成り立つかどうかは疑問です）。

こうした考えは、従来も断片的に気づかれていたので、歴史上のいくつかの哲学理論は、時間が流れ、空間が広がる常識通りの世界を証明するために、それを論破しようと試みました。そうした議論を、典型的な形で、次のように再現してみたいと思います。

まず、個々の現象を、P1、P2、P3とします。次に、時空を超越してそれらを一望した時の「神の視野」をSとします。Sが成り立つための条件は、「Sの中に含まれる現象P1」が、「それだけを単独で経験した時の現象P1」と同じものであることです（もちろん、P1は、P2やP3に置き換えても構いません）。

〔1〕　Sの中のP1＝単独のP1

しかし、「Sの中のP1」とは、P2やP3も同時に見えている状態のP1ですから、結局、S全体と同じです。従って、〔1〕は、〔2〕のように書き換えられます。

〔2〕　S＝P1

しかし、S（全体）とP1（部分）とが同一ということは矛盾です。それゆえ、〔2〕も〔1〕も成り立たず、結局、Sは存在しないことになります。

これを論破しようとすれば、個々の現象を（【1】でも触れたように）映画のシーンに例えて、映画館のスクリーン（A）と映像そのもの（s、p1、p2、p3……）とに分割することが必要です。その場合、スクリーンと映像とは、同一でもあり別異でもあるという矛盾した関係になります（矛盾の論理）。

仮にスクリーンと映像とを別異と考えれば、スクリーンは、何ものも映っていない「無の場所」です。Sの背後にもP1の背後にも「無の場所」としてのスクリーン（A）があり、しかも、すべてのAは「無」であるゆえに、互いに区別できません。区別できない以上、同一だと考えれば、「Sの背後のスクリーンA」も「P1の背後のスクリーンA」もすべて同一だということになります。

一方、スクリーンと映像とが同一だと考えれば、「Aとs」「Aとp1」も同一です。

その結果、

〔3〕　A＝s＝p1

が成り立ち、それゆえ、「S＝P1」も成り立つことになります。それは、〔2〕と〔1〕を成立させ、Sを可能にすることで、現象相互間の「関係」を保証します。

こうした議論は、インドのヴェーダーンタ哲学や、西欧のスピノザ哲学、ウィリアム・ジェイムズの哲学などに断片的に現れ、中国仏教の華厳哲学（法性融通説）と、近代日本の西田哲学にはかなり明瞭に現れます。いずれにしても、時間が流れ、空間が広がる常識通りの世界が成り立つためには、さまざまな現象を包み込む共通の「場所」（すなわち「絶対者」、インド哲学におけるアートマンやブラフマン）と、「矛盾の論理」が要請されることになります。

しかしながら、こうした論証は、スクリーンと映像とが「同一である」ということと「別異である」ということを、恣意的に使い分けており、説得力があるとは思えません。【1】でも触れたように、スクリーンと個々の映像とは、あくまでも一体不可分と考えるべきものです。

また、「矛盾の論理」というものをそもそも容認すべきかどうかも大いに疑問です。次にこの点を考えてみましょう。

われわれが日常的に体験する世界は、一見さまざまな矛盾を含んでいるように見えます。次のA・Bは、それらに対処するために通常用いられる二つの方法です。

選択肢A・論理的な矛盾を起こさないように、体験自体を（意味論的に）再解釈する。
選択肢B・体験自体はありのままに（常識通りに）受け入れて、論理的な矛盾はそのまま容認する。

⑴　選択肢Bに対しては、次のような疑問を直ちに提出することができます。まず、選択肢B

は、われわれの「ありのままの体験」を、自然で、侵しがたい、真実そのものだと考える立場に立っています。しかし、体験（直観）自体は厳然たる事実だとしても、体験の意味内容は、感覚そのものと区別のつかない生得的な「解釈」や、条件反射化したさまざまな「解釈」によって最初から塗り固められているとも考えられます。だとすれば、それらを引き剥がして「自分自身が今まさに何を体験しているのか」を本当の意味で理解しようとする場合、われわれはどうしても、論理的思考によって自己の体験を分析し、再解釈しなければなりません。つまり「ありのままの体験」とは、思慮分別を排すれば自ずから浮かび上がるような「自然」なものではなく、むしろ、思慮分別を加えなければ解明できない「不自然」なものかも知れないわけです。

たとえば、スクリーンに映った山を本当の山だと思って見ている人にとって、そこにある「ありのままの体験」とは一体何でしょうか。目の前に「山がある」ことだといえば、それは誤りです。山は実際には存在しないからです。一方、「山の映像があることだ」といえば、それはもはやありのままの体験ではなく、再解釈された体験になってしまいます。このように、「ありのままの体験」というものは、それ自体、すでにパラドクスをはらんでいます。

(2)　論理学的にいえば、矛盾を認めることは、ありとあらゆる命題がすべて真として証明されるという不条理（論理爆発）を許容することです。一方、矛盾を排除して選択肢Aをとる場合、再解釈された形で体験自体も説明され、決して体験と背馳するわけではありません。結局、論理と体験の両方に関して整合的なのは選択肢Aの方だということになります（もちろん、「論理」といえども絶対に疑いえないわけではなく、この点は本文の第五章と第六章でも論じられます。しかしながら、いわゆる「懐疑主義」は、どのような認識にも必ずつきまとうものであり、選択肢AとBの比較に際してあえて考慮すべきものではありません）。

結局、人類の知的進歩とは、次々に現れる「矛盾」に対して体験の再解釈を繰り返し、矛盾の解消を図る過程だといえます。それゆえ、矛盾を容認することは「最後の選択肢」であり、われわれは知的営為の続く限り選択肢Aに従うべきなのです。

(3) また、さまざまな非古典論理を一つの公理系として構想することは可能であり、その中には矛盾を許容するものも含まれます（記号論理学以前の伝統的論理学では、そうしたものを「弁証法論理」と呼んでいます）。しかし、それらはあくまで「お話」であり、一方で、それらを構想する思惟法則ないしは言語規則（メタ論理）は、無矛盾的な古典論理に従っています。その意味で、「矛盾の否定」を含む古典論理の主要な法則には普遍妥当性があるといえます（さらにいえば、古典論理において「矛盾の否定」が公理なのか定理なのかは、さほど大きな問題ではありません。個々の命題を公理と定理のどちらに配分するかは、「最も少ない公理で最も多くの定理を証明可能にすべし」というパズルの解に過ぎないからです。実際、定理であっても、公理から証明されるのであれば、その真理性は同じです）。

しかも、われわれの思惟も「世界」の一部である以上、世界全体が「矛盾の論理」であるとすれば、思惟法則だけがその中で例外的に「無矛盾の論理」であるというダブルスタンダードに陥ります。しかも、例外がどの範囲で許容され、例外に果たして真理性があるのかどうかといった重要な疑問は、何一つ明確になりません。こうした点も、われわれが選択肢Aを選ばざるをえない理由の一つです。

(4) 一方、量子力学のような自然法則の中には（「矛盾の否定」を含む）古典論理の主要な法則を破るものも存在します。しかしそれは、「物そのもの」の世界が、元来われわれの知覚を絶した不可知の世界であり、科学理論の描像はあくまでも「仮設」であって、文字通りにイメージすべきものではないことを示しているに過ぎません。

(5) また、法や道徳のような規範の中には、互いに矛盾するものも数多く存在します。しかし、矛盾し合う規範のうちの一部または全部は、規範としての効力を事実上失っており、単なる「お話」と化しています。従って、たとえそれらが矛盾を含んでいても、テレビ・ドラマの下手な脚本が矛盾を含むのと同様、現実そのものの整合性には何ら影響しないと考えるべきです。

結局、「非ユークリッド幾何学」というものはありえても、非古典論理、特に「矛盾の論理」というものは、決して安易に認めるべきではないことが分かります。

【6】現象の種類でいえば、世界はAだけかも知れないし、AとBの二種類だけかも知れないし、無限の種類があるかも知れない。でも、どの現象も、必ず無限回現れて、しかも、互いに順序を持たないのよ。それが、この世界の究極の姿なんだわ。（第五章の2）

現象の種類がいくつあるかは偶然の問題であり、1から実数濃度の無限まで、どの可能性も排除できません。一方、一種類当たりの現象生起の回数は、自然数濃度か、またはそれ以上の無限回です。ただし、ここでいう「無限」に、数学の無限集合論における濃度概念がそもそも適用可能かどうかは不明です。また、「種類の数」の濃度が、「一種類当たりの生起回数」の濃度を上回ることが可能かどうかも不明といわざるをえません。

【7】あらゆるものが永遠に続いていていながら、同時に他のものでもあり、そういう意味で、まさしく幻のような「実体のない世界」のことだよ。（第五章の2）

ここで「空」（シューニャター）と名づけた世界観はきわめて独特なものであり、しかも、具象的にイメージすることが困難なものです。

説明を単純化するために、「世界はAとBの二種類の現象からなっている」と仮定しましょう。そうすると、ほんとうの世界においては、「無限のAと無限のBとが互いにいかなる位置関係にもなく、『Aが現れる時には非Aは現れない』という関係だけに従って、生起している」ということになります。それはまた、「個々の現象生起は一回生起的なものだが、AもBもともに無限回生起し、尽きることがない。そして、今ここのA（またはB）が、どのA（またはB）なのかは一切特定できない」ということでもあります。

しかしこのままでは、われわれはそれを具体的にイメージできません。そこで、本来は先後、左右等のいかなる関係もないのですが、便宜上「時間的先後関係」があるかのように表現してみます。そうすると、「Aが生じている時、それ以前にも、それ以後にも無数のAとBとがある」「Bが生じている時、それ以前にも、それ以後にも無数のAとBとがある」ということになります。

しかしこれでもまだ、イメージすることは困難です。そこで、これをさらに具体化し、一本の時間軸の上を現象が順を追って生起するように仮に並べてみます。世界の真相からは程遠いものですが、一つの近似的モデルとして、次のように考えてみましょう。

ABABABABAB………

そうすると、個々のAは一回生起的であり、たえず他と交替する「無常」の存在でありながら、一方では、同一形相で無限に反復される「不生不滅」の永遠の存在でもあることが分かります。また、同じ種類のAの間にBがはさまれるため、AはBを呑み込み、BもAを呑み込み、Aかと思えばBであり、Bかと思えばAであるという変幻する世界として諸現象は展開します。こうした事態を指して、現象世界は「空」、あるいは「夢幻」、あるいは「無自性」と称することができます。

世界における現象の種類がABCDEFG………と多様化しても、本質は変わりません。その場合、AとAの間に「BCDEFG………」がはさまれるため、部分が全体を呑み込むというイメージが新たに出来上がります。そのことの比喩的表現が、一滴のしずくに世界が含まれる、という詩的幻想です。古代インドの仏典『ガンダヴューハ・スートラ』でも、魔神インドラの神殿にレースのカーテンがあり、レースには無数の珠がついていて、各々の珠がすべての珠を映していると記されています。こうしたインドラ・ジャーラ（インドラの網）も、部分が全体を含み込む詩的幻想の一種であり、現代美術においてもさまざまな形で作品化されているものです。

【8】特に、赤ちゃんの場合、お母さんとの間に最初から強い一体感があるはずだし、子どもでなくても、他人との人間的なかかわりこそ日常的世界の第一条件だという人は多いわ。でもそれ

は、発達心理学とか社会学の議論だから、ここでの議論とは意味が違うのよ。（第六章の4）

われわれは時間と空間の広がりを直観し、こちらから見たモノもあちらから見たモノも同じ一つの物体だと知覚しています。また、ある種の存在は自分と同じ意識を持った「他者」であることを確信しています。しかし、実際に体験できるのは個々の瞬間の自分自身の意識現象だけですから、こうした時間や空間や物体や他者が本当は何であり、どのような仮定にもとづいて構想されているのかを反省しなければなりません。これが本節で行った作業であり、言葉の本来の意味での「現象学」なのです。

こうした日常的世界の構築を、進化論的に説明する立場もあります。すなわち、われわれが世界や他者を認識することは生存に必要な要件であり、進化論的に形成されたヒトの身体構造にもとづいて、それらは認識されているというわけです。

しかし、そうした理解は、物質世界の存在と歴史を、最初から前提にして考えられています。つまり、仮想現実である日常的世界の形成を論じるのに、日常的世界と（次節で述べる）科学的世界とを、すでに先取りして議論しているわけです。それゆえ、こうした視点を本節で取り入れることは、適当ではありません（もちろん、科学的世界の枠内で進化論を論じることは十分妥当です）。われわれの他者認識が、周囲の人間社会から規定されているといった発達心理学的・社会学的視点が本節で拒否されるのも、人間社会というものの存在が、あらかじめ先取りされているからです。

そうした進化論的視点や社会学的視点を棚上げすれば、「無意識のうちに日常的世界や科学的世界が合理的に形成されている」といった説明も排除されます。しかし、その時々の状況の中で、われわれが、われわれ自身の安心（満足）のために、日常的世界や科学的世界を意図的に構築することはありえます（正確にいえば、意図的に構築している「かのように」経験が推移することがありうるということです）。意識のある他者を仮定し、法則や因果関係を実体化することが（もちろん、それらが「単なる仮定だ」とは、通常自覚されていませんが）、そうした目的にかなうからです。

結局、哲学研究は次のような過程を踏むものであり、個々の議論がどのステップに属するかを明確に識別することが重要だと思われます。

1　日常的世界を反省することで哲学的真理に到る。（本文の第一章から第五章）

2　哲学的真理を前提にして、日常的世界の真相を理解する。（現象学・第六章の4）

3　日常的世界を前提にして、科学的世界の真相を理解する。（科学哲学・第六章の5）
4　科学的世界を前提にして、日常的世界を説明する。（通常の科学）

【9】現実の世界は、無数の意識現象と物理現象からできている不可知のXだわ。科学的世界っていうのは、それに対して貼りつけられた仮説のイラストなのよ。イラストの中の一つ一つの絵柄が、現実の世界の何に対応するかは誰にも分からないわ。ただし、現実の世界の一部は、今このの私の意識現象として実際に体験されてるわけでしょ。そうした意識現象の現れ方を、科学的世界という仮説が予測したり説明したりできれば、とりあえず、その科学的世界は正しかったと見なされるのよ。（第六章の5）

科学が仮説（仮設）に過ぎないことは、大方の承認が得られるものと思います。しかしそれは、科学が幻想であることと直ちに同じではありません。なぜなら、われわれは次のようなAとBを区別しなければならないからです。

A　「妥当している」か「正しくない」かということ。
B　「実在である」か「幻想である」かということ。

日常経験でも科学実験でも宗教体験でもかまいませんが、われわれの経験のあり方を予測するための（予測とまではいかなくても、少なくとも、整合的に理解するための）道具が科学理論です。理論が予測の役割をうまく果たしていれば「妥当している」といえますし、それができなければ「正しくない」ということになります。もとより、科学理論が帰納された経験法則にもとづく以上、完璧な妥当性は期待できないと考えられます。

一方、理論に含まれる描像が、文字通りの姿で存在するならば、その理論は「実在」です。しかし、そうでなければ「幻想」であるといえます。「こうであれば、こうなるだろう」という予測を可能にする「お話」が科学理論（科学的世界）ですから、それ自体はあくまでも「お話」であって、文字通りの意味で真実だとは断言できません。

たとえば、歴史学者が過去の歴史を研究して理論（歴史像）を作る場合、そうした歴史像が、目の前に次々に現れる史料と矛盾しなければ、理論は「妥当している」といえます。しかし、データの乏しい時代を扱う場合、歴史像は、暫定的なものにとどまり、「妥当」性は必ずしも高くありません。その代わり、歴史像は、われわれがその時代に生まれていれば実際に体験できる内容の描写です。従って、その意味では、歴史像は「実在である」といえます。

逆に、「妥当」性は高いが「実在ではない」というケースが量子力学です。量子力学の波動関数はきわめて予測可能性が高く、その意味では「妥当」性が高いといえます（もちろん、確率的にしか予測できない面もありますが、それは、現実そのものが確率的だからであって理論が不完全だからではないと解釈できます）。しかし、量子力学の描像を、科学雑誌のイラストのようにイメージしたとしても、それは見当違いです。ミクロの世界を絵にすることは原理的に不可能だからです。その意味では、量子力学の理論は「幻想である」といえます。

このように、科学理論の「仮説」性は、AとBの区別を踏まえて厳密に理解しなければなりません。また、Bに関していえば、さらに根源的な問題もあります。それは、空間、物質、因果関係など、科学理論を組み立てる素材となる基礎概念が、もともと捉えどころのないブラックボックスだということです。意識現象の中で知覚された内容から「物質」や「空間」を構想し、あるいは、事物の間の経験的な法則性を「因果関係」と名づけることはできます。しかし、第三章でも論じたように、それらの本質を突き詰めて考えれば、物そのものとは「不可知の現象」Xであり、因果関係はすべて無根拠だといわなければなりません。そうした点が、科学理論の「仮説」性には含意されています。ただし、「仮説」性を指摘することと懐疑主義とは必ずしも同じではなく、理論が「仮説」に過ぎないと主張しても、科学的世界が今すぐ崩壊することを積極的に主張しているわけではありません。

【10】わが家の猫があくびをすると次の日は必ず雨が降る。猫が超能力で雨を予測してるとも考えられるし、気圧の変化に猫が反応してるとも考えられる。どっちの解釈も法則的因果関係には違いないけど、超能力説の方は、その場限りの法則に過ぎない。しかし、気圧変化説は、いたるところで応用できる一般性のある自然法則の組み合わせで成り立っている。だから、気圧変化説の方が正しい解釈といえる。（第六章の5）

経験された出来事を説明する科学理論として、どのような「仮説」を選択すべきなのか。本文で述べた指針はそうした基準の一例ですが、それは、次のような形で確率的に説明することもできます。

たとえば、「事象E、仮説M、仮説S」を次のように定義します。

事象E　「自然法則Xが繰り返し現れ、世界は常にそうした秩序で満たされている」という仮説（科学的世界）が、経験上もっともらしく思えた。

仮説M　タイプZの出来事は、自然法則Xによって説明される。

仮説S　タイプZの出来事は、自然法則X以外の要因Yによって説明される。

仮説Mと仮説Sは、それだけを取り出すならば同じぐらいもっともらしいといえます。しかし、事象Eを前提にすることで、Mの蓋然性はSを上回ります。自然法則Xを「すべての自然法則の集合」、要因Yを「予知能力を含む超能力」、タイプZを「動物の行動」と見なせば、それによって、本文における「気圧変化説」の「超能力説」に対する優位を説明することができます。

もちろん、Eのような確率論だけで確定的なことはいえませんし、MとSの蓋然性が実際にどれだけ違うのかは、「タイプZの出来事」が何を指すかによっても異なります。しかし、今のところ、こうした一般的な指針に従って科学的世界が精緻化され、世界の予測可能性が蓄積的に高まっていることも事実です。

【11】「学校の先生は授業中はうそをつかない」とか「教科書や本に書いてあることは一応本当だ」っていうことは日常的世界の法則といってていいわね。そういう法則を前提にして、私たちは勉強したり研究したりできるようになるし、最終的には、量子力学のような科学的世界の厳密な法則も発見されるのよ。／日常的世界が科学的世界の土台になってるわけだ。（第六章の5）

本文でも述べたように、日常的世界が土台となって、それが拡張されて、科学的世界が形成されます。しかし、一方で、日常的世界と科学的世界とは、現実世界に対する「捉え方」の二つのタイプ（理念形）でもあります。従って、われわれが身の回りの世界について何かを語る場合、それが日常的世界の描写なのか、科学的世界の記述の一部なのかは区別しにくい場合が少なくありません（もちろん、どちらの側面が強いかを、その時々で区別することはできます）。

一方、日常的世界にせよ科学的世界にせよ、法則というものが重要な役割を果たすことは明らかです。そして、十九世紀以来、法則をめぐって学問は次のように分類されてきました。

A　法則定立学。繰り返し現れる法則性を認識すること。
B　個性記述学。法則ではなく、一回限りの事実を記述すること。

Aは狭義の「科学」であり、自然科学と社会科学の両方を含みます。一方、Bは「歴史学」とか「人文学」と呼ばれ、狭義の「科学」とは区別されます（ただし、日常的世界・科学的世界という場合の「科学的世界」は、ここでいう狭義の科学と歴史学の両方を含んでいます）。一方、Bのように一回限りの歴史を記述する場合でも、その過程では、（日常的・科学的な）さまざまな法則を利用して推論しています。その意味では、Aは法則の生産者であり、Bは法則の利用者だということができます。

さらにいえば、現代社会の経済を研究することは「社会科学」ですが、ローマ帝国の経済を研究することは「歴史学」です。しかし、時代は違っても、両者の研究内容は多くの面で共通しています。そうした意味でも、AとBの区別は相対的だといえます。

一方、次のような分類も可能です。

X 「意味」を重視する学問。

Y 「意味」をできるだけ捨象する学問。

人間の意識に現れる「意味内容」はきわめて複雑で定量化しにくく、そこに厳格な法則性を見いだすことは困難です。従って、XはA（法則定立学）に馴染みません。一方、意識のない物体のように、「意味内容」を無視する（あるいは切り詰める）ことができる対象は、Aに適合的です。従って、YはA（法則定立学）に馴染みやすいと考えられます。XもYもあくまでも理念型ですが、両者の違いが、いわゆる「文系」「理系」の区別に対応します（ちなみに、恐竜の歴史を研究することは、YかつB、すなわち「理系における歴史学」に相当するケースです）。

また、同じように人間を扱う場合でも、XとYの区別が可能です。「ある企業家が十人の労働者を雇った」という出来事を、両者の宗教や階級意識を踏まえて社会的・心理的に説明しようとすればXになります。しかし、「人は利得の極大化を求めるものだ」という簡単な仮定を置き、そこから需要と供給の法則で数学的に説明しようとすればYになります。法則定立学としての社会科学は、意識のある人間を扱いながらもYに近づけることで初めて可能になり、その典型が経済学だということになります。

【12】大乗仏教時代のナーガールジュナやダルマキールティの思想の中には、われわれの世界観と共通するものが確実にあると思います。（終章）

ナーガールジュナは、紀元二世紀後半から三世紀前半にかけて活躍した仏教論師であり、大乗仏教「中観」派の創始者であって、主著は『マディヤマカ・カーリカー』（中論）です。

古代のインド人であるナーガールジュナにとって、永遠の輪廻転生は自明の事実でした（中論・第十一章第一詩）。しかし、それにもかかわらず、（輪廻転生を含めた）ありとあらゆる存在は実体のない「空」であり、陽炎や蜃気楼のような幻想であることを彼は証明しようとしました。

彼の議論は、さまざまなものを取り上げて、「それは実在しない」という形で進行します。しかし、その証明には、それが「空」であることのダイレクトな証明と、当時のインドで有力であった概念実在論への反論とが混在しています。後者は、概念実在論を仮定すれば「それは実在しない」という不条理な結論が導かれ、容認できないという議論であって、「実在しない」ことを積極的に主張するものではありません。

従って、われわれは、前者の議論に焦点を合わせる必要がありますが、その中でも特に、次のような論証は注目すべき視点を含んでいます。

もしも現在と未来とが過去に依存しているのであれば、現在と未来とは過去の時のうちに存するであろう。（中論・第十九章第一詩）

もしもまた現在と未来とがそこ（過去）のうちに存しないならば、現在と未来とはどうしてそれ（過去）に依存して存するであろうか。（同・第二詩）

さらに過去に依存しなければ、両者（現在と過去）の成立することはありえない。それ故に現在の時と未来の時とは存在しない。（第三詩）

これによって順次に、残りの二つの時間（現在と未来）、さらに上・下・中など、多数性などを解すべきである。（第四詩・中村元訳）

敷衍《ふえん》して解説すれば、次のようになります。過去・現在・未来は、時点と時点との相互関係に他なりません。そして、AとBとの「関係」は、両者をつつむ共通の場所において初めて成立するものです。しかし、過去と現在とをつつむ共通の場所は、過去でもなく、現在でもなく、どこにもありえないと考えられます。こうして、「関係」は存立不能となり、時間の先後関係は否定されます。そしてまた、時間だけでなく、空間なども含めた一切の現象間「相互関係」が、同様の根拠で否定されます。

こうした証明は、まさしく本文・第四章の議論と一致するものです。

一方、ダルマキールティは七世紀の仏教論師であり、『プラマーナ・ヴァールティカ』（知識論評釈）がその主著として知られています。

彼は、いわゆる刹那滅《せつなめつ》論証で有名であり、現象は一瞬一瞬完全に消滅するのであって、同一実体の性質（様態）だけが変わるのではないことを強調しました。こうした主張は確かに説得的であり、本文・第二章の議論とも一致しています。ただし、ダルマキールティは「完全な消滅」を根拠にして、究極的なレベルでは輪廻転生を否定し、滅した後がどうなるかは必ずしも問題にしませんでした。もしも彼が、「完全な消滅」を前提にして、その後のことも考えていたならば、本文で述べたような（あるいは、ナーガールジュナが見抜いていたような）現象間「無関係」性に到達していたと思われます。

ただし、現代の哲学においては、「刹那滅」はかなり否定的です。個々の意識現象の消滅なら理解できますが、世界全体が滅するという場合には、アンドロメダ星雲も含めた宇宙全体が一斉に消滅しなければなりません。しかし、相対性理論によれば、何と何とが「同時」なのかは一義的には決まらないので、宇宙全体が「一斉」に滅するということはおよそ不可能です。

従って、刹那滅を肯定する場合、本文・第三章のように、客観的な「宇宙そのもの」を批判的に解体し、個々の「現象」に還元する作業が必要になります。

〔参照文献〕

伊佐敷隆弘　時間様相の形而上学　勁草書房　二〇一〇年
伊藤邦武　ジェイムズの多元的宇宙論　岩波書店　二〇〇九年
入不二基義　時間は実在するか　講談社　二〇〇二年
入不二基義　時間と絶対と相対と　勁草書房　二〇〇七年
大森荘蔵　新視覚新論　東京大学出版会　一九八二年
大森荘蔵　時間と自我　青土社　一九九二年
大森荘蔵　時間と存在　青土社　一九九四年
大森荘蔵　時は流れず　青土社　一九九六年
金杉武司　心の哲学入門　勁草書房　二〇〇七年
コニー＋サイダー　形而上学レッスン　春秋社　二〇〇九年
重久俊夫　夢幻論　中央公論事業出版　二〇〇二年
重久俊夫　時間幻想　中央公論事業出版　二〇〇九年
スマリヤン、R　哲学ファンタジー　丸善　一九九五年
高崎直道監修　認識論と論理学　春秋社　二〇一二年

谷　貞志	〈無常〉の哲学	春秋社	一九九六年
チャーマーズ、D	意識する心	白揚社	二〇〇一年
千代島雅	アキレスと亀	晃洋書房	二〇〇五年
中込照明	唯心論物理学の誕生	海鳴社	一九九八年
長滝祥司他・編	感情とクオリアの謎	昭和堂	二〇〇八年
中村　元	ナーガールジュナ	講談社	一九八〇年
西脇与作	現代哲学入門	慶應義塾大学出版会	二〇〇二年
パーフィット、D	理由と人格	勁草書房	一九九八年
三浦俊彦	ゼロからの論証	青土社	二〇〇六年
三浦俊彦	多宇宙と輪廻転生	青土社	二〇〇七年
八木沢敬	分析哲学入門	講談社	二〇一一年
山川偉也	ゼノン4つの逆理	講談社	一九九六年
渡辺恒夫	輪廻転生を考える	講談社	一九九六年
渡辺恒夫	〈私の死〉の謎	ナカニシヤ出版	二〇〇二年
渡辺恒夫	自我体験と独我論的体験	北大路書房	二〇〇九年

◎ 著者プロフィール ◎

重久俊夫（しげひさ・としお）

1960年　福井県福井市生まれ

東京大学文学部（西洋史学）卒業

兵庫県在住

研究分野　　哲学・比較思想史

人文死生学研究会（世話人）

著書　『夢幻論　～永遠と無常の哲学～』（2002年）

『夢幻・功利主義・情報進化』（2004年）

『世界史解読　～一つの進化論的考察～』（2007年）

『時間幻想　～西田哲学からの出発～』（2009年）

いずれも中央公論事業出版

論文　「近代化理論のフレームワークと現代ギリシア」（1987年）

「近代日本の憲法学における国家思想　～穂積八束を中心に～」（2007年）

「『心の哲学』と西田哲学」（2010年）

「西田哲学における『主体性』理解」（2011年）

潮騒《しおさい》の家《いえ》

マヤと二人《ふたり》のニルヴァーナ

重久《しげひさ》俊夫《としお》

明窓出版

平成二四年七月二十日初刷発行
発行者 ―― 増本　利博
発行所 ―― 明窓出版株式会社
〒一六四―〇〇一二
東京都中野区本町六―二七―一三
電話　（〇三）三三八〇―八三〇三
FAX　（〇三）三三八〇―六四二四
振替　〇〇一六〇―一―一九二七六六
印刷所 ―― シナノ印刷株式会社

ISBN4-89634-309-0

ホームページ http://meisou.com

● 写真（カバー&本文中）：松本英明　（96ページのみShutterstockより）
● カバーデザイン：藤井デザインスタジオ

光のラブソング

メアリー・スパローダンサー著／藤田なほみ訳

現実《ここ》と夢《向こう》はすでに別世界ではない。

インディアンや「存在」との奇跡的遭遇、そして、9.11事件にも関わるアセンションへのカギとは？


疑い深い人であれば、「この人はウソを書いている」と思うかもしれません。フィクション、もしくは幻覚を文章にしたと考えるのが一般的なのかもしれませんが、この本は著者にとってはまぎれもない真実を書いているようだ、と思いました。

人にはそれぞれ違った学びがあるので、著者と同じような神秘体験ができる人はそうはいないかと思います。その体験は冒険のようであり、サスペンスのようであり、ファンタジーのようでもあり、読む人をグイグイと引き込んでくれます。特に気に入った個所は、宇宙には、愛と美と慈悲があるだけ、と著者が言っている部分や、著者が本来の「祈り」の境地に入ったときの感覚などです。(にんげんクラブHP書評より抜粋)

●もしあなたが自分の現実に対する認識にちょっとばかり揺さぶりをかけ、新しく美しい可能性に心を開く準備ができているなら、本書がまさにそうしてくれるだろう！

(キャリア・ミリタリー・レビューアー)

●「ラブ・ソング」はそのパワーと詩のような語り口、地球とその生きとし生けるもの全てを癒すための青写真で読者を驚かせるでしょう。生命、愛、そして精神的理解に興味がある人にとって、これは是非読むべき本です。(ルイーズ・ライト：教育学博士、ニューエイジ・ジャーナルの元編集主幹)

定価2310円

イルカとETと天使たち

ティモシー・ワイリー著／鈴木美保子訳

「奇跡のコンタクト」の全記録。
未知なるものとの遭遇により得られた、数々の啓示《アドバイス》、
ベスト・アンサーがここに。

「とても古い宇宙の中の、とても新しい星—地球—。
大宇宙で孤立し、隔離されてきたこの長く暗い時代は今、
終焉を迎えようとしている。
より精妙な次元において起こっている和解が、
今僕らのところへも浸透してきているようだ」

◎ スピリチュアルな世界が身近に迫り、これからの生き方が見えてくる一冊。

本書の展開で明らかになるように、イルカの知性への探求は、また別の道をも開くことになった。その全てが、知恵の後ろ盾と心のはたらきのもとにある。また、より高次における、魂の合一性（ワンネス）を示してくれている。
まずは、明らかな核爆弾の威力から、また大きく広がっている生態系への懸念から、僕らはやっとグローバルな意識を持つようになり、そしてそれは結局、僕らみんなの問題なのだと実感している。

定価1890円

単細胞的思考

上野霄里

渉猟されつくした知識世界に息を呑む。見慣れたはずの人生が、神秘の色で、初めて見る姿で紙面に躍る不思議な本。ヘンリー・ミラーとの往復書簡が４００回を超える著者が贈る、劇薬にも似た書

岩手県在住の思想家であり、ヘンリー・ミラーを始めとする世界中の知識人たちと親交し、現在も著作活動を続けている上野霄里。本書は1969年に出版、圧倒的な支持を受けたが、その後長らく入手困難になっていたものを新たに復刊した、上野霄里の金字塔である。本書に著される上野霄里の思想の核心は「原初へ立ち返れ」ということである。現代文明はあらゆるものがねじ曲げられ、歪んでしまっている。それを正すため、万葉の昔、文明以前、そして生物発生以前の、あらゆるものが創造的で行動的だった頃へ戻れ、と、上野霄里は強く説く。本書はその思想に基づいて、現代文明のあらゆる事象を批評したものである。上野霄里の博学は恐るべきものであり、自然科学から人文科学、ハイカルチャーからサブカルチャー、古代から現代に至るまで、洋の東西を問わず自由自在に「今」を斬って見せる。その鋭さ、明快さは、読者自身も斬られているにも関わらず、一種爽快なほどで、まったく古さを感じさせない。700ページを超すこの大著に、是非挑戦してみていただきたい。きっと何かそれぞれに得るところがあるはずである。

定価3780円